DU MÊME AUTEUR

Aux Éditions Gallimard

MINUIT SUR LES JEUX, *roman* («L'Imaginaire», *n° 487*).

LE AÏE AÏE DE LA CORNE DE BRUME, *roman* («Folio», *n° 1554*).

L'INSUCCÈS DE LA FÊTE, *roman* («L'Imaginaire», *n° 244*).

RICHE ET LÉGÈRE, *roman*, prix Femina 1983 («Folio», *n° 2168*).

COURSE D'AMOUR PENDANT LE DEUIL, *roman*.

ETXEMENDI, *roman*, («Folio», *n° 2398*).

LA FIN DES TEMPS ORDINAIRES, *roman*.

LA SÉDUCTION BRÈVE, *essai*.

DIT NERVAL. Grand Prix du roman de la Ville de Paris 1999 («L'un et l'autre»; «Folio», *n° 4066*).

DISCOURS DE RÉCEPTION À L'ACADÉMIE FRANÇAISE ET RÉPONSE D'HECTOR BIANCIOTTI.

TROIS DÉSOBÉISSANCES, *roman*.

MES CENDRIERS.

IL ME SEMBLE, MESDAMES.

SEPT SAISONS («Cahiers de la NRF»).

LA VIE COMME AU THÉÂTRE.

HAUTE COUTURE.

En collaboration avec Jacques Roubaud

GRAAL THÉÂTRE

Joseph d'Arimathie, Merlin l'Enchanteur, Gauvain et le Chevalier Vert, Perceval le Gallois, Lancelot du Lac, L'Enlèvement de la reine, Morgane contre Guenièvre, Fin des temps aventureux, Galaad ou la Quête, La Tragédie du roi Arthur.

Suite des œuvres de Florence Delay en fin de volume

UN ÉTÉ À MIRADOUR

FLORENCE DELAY
de l'Académie française

UN ÉTÉ À MIRADOUR

roman

nrf

GALLIMARD

Mes yeux plongent dans un coin d'azur ; ma pensée
Rêve, absente, perdue, indécise et forcée
D'aller vers le passé (…)
Grâce à l'intensité subitement accrue
Du souvenir vivace et latent d'un été

Raymond Roussel

On arrivait à Miradour par une mauvaise route à peine goudronnée qui montait en tournant. La pente était si raide que la vieille voiture de Madeleine tombait fréquemment en panne au milieu de la côte. Il n'y avait alors d'autre solution que d'aller chercher une paire de bœufs à la ferme la plus proche. Sous un manteau de drap blanc rayé rouge et bleu, couronnés de leur tiare, les bœufs tiraient fièrement les quinze chevaux de la Citroën jusqu'à l'esplanade devant la maison. Comme Madelou n'était pas souvent seule, c'est plutôt sa fille cadette ou son amie Nénette qui allait d'un bon pas quérir l'aide du fermier et, quand il était aux champs, elles allaient aux champs. Pendant ce temps, Madelou faisait des bouquets de fougères en cherchant des trèfles à quatre feuilles.

La vaste demeure avait été baptisée « Miradour » par celui qui l'avait fait construire dans les années vingt, au milieu des pinèdes et des champs de maïs, tout en haut d'une colline dominant l'Adour et le Bec du Gave. Un ancien joueur de rugby à XV, devenu président de la Fédération française de rugby, puis promoteur immobilier à Hossegor avant d'en être élu maire radical-socialiste en 1935. Il l'avait fait construire, disait-on, pour sa maîtresse tuberculeuse – le bon air qu'on respire là-haut étant censé la guérir. Riche, il avait acquis autour près de deux cents hectares. Il y avait eu là-haut une piscine, un tennis, et, au bord du fleuve, à Port-de-Lanne, une barque pour se promener sur l'eau. L'aimée avait sans doute occupé la plus belle chambre, au premier étage, celle qui donne sur une terrasse où prendre le soleil, regarder voler les rapaces guettant les proies autour des fermes, couler le fleuve qui naît au pic du Midi de Bigorre et va se jeter dans l'océan Atlantique, après Bayonne.

C'est un chirurgien de Bayonne, lui aussi radical-socialiste, qui peu avant la Seconde Guerre mondiale avait acquis la propriété, également pour sa maîtresse. Luxe inutile à ses yeux, il avait laissé les herbes folles envahir le tennis, fait combler la piscine, heureusement remplacée par des platanes dont les branches entrecroisées créaient une ombre aussi fraîche qu'une vague. Il s'était intéressé, en revanche, à une petite source, en bas de la côte, qui alimentait un lac aux contours indécis. Ayant bu de son eau et remarqué ses vertus diurétiques, le nouveau propriétaire – lui-même ne sachant pas conduire – chargeait son chauffeur, le temps des visites à Madame S., sa maîtresse, de remplir à la source le plus grand nombre de bouteilles possible. Rangées dans le coffre de la Salmson, elles étaient déposées ensuite à sa villa des allées Paulmy. Madelou, dont ce chirurgien était le beau-père, ne le vit jamais boire une autre eau.

Tôt après son mariage avec Paul, fils unique, elle avait entrepris de calmer les tensions existant entre le père et le fils, et de protéger sa belle-mère qu'elle adorait. De Paris, elle entretenait tout au long de l'année une relation épistolaire avec « Bayonne », envoyant parfois plusieurs lettres par semaine, narrant les travaux et les jours du fils extraordinaire, habilement entrelacés à la vie ordinaire, aux difficultés matérielles et à l'éducation de leurs filles. Mais le séjour obligé, pendant les vacances d'été, dans une villa où Paul retrouvait intacts les conflits de l'enfance, lui pesait.

Le hasard voulut qu'un après-midi d'été, dans le magasin d'antiquités ouvert à Biarritz par Madeleine Castaing, célèbre antiquaire de Paris,

Madelou et Madame S. se rencontrent. Ces femmes raffinées avaient entendu parler l'une de l'autre mais ne se connaissaient pas et découvrirent qu'elles partageaient le même goût pour les meubles anglais, les couleurs russes et la poésie du mobilier. Madame S., peut-être en mal de reconnaissance, invita la jeune femme à lui rendre visite. C'est très officiellement, dans la Salmson de son beau-père, que Madelou monta la côte pour la première fois et découvrit la propriété dont elle tomba aussitôt amoureuse. Décida-t-elle alors d'en déloger l'occupante ? Le fait est que de douce façon diplomatique elle persuada Madame S. qu'il devenait dangereux pour elle, l'âge venant, de vivre en un lieu si isolé – le premier village, Sainte-Marie-de-Gosse, se trouvant à des kilomètres. Qu'elle serait plus heureuse en ville, rapprochée de son amant. Il l'était d'ailleurs de moins en moins, ayant trouvé dans sa propre villa de quoi satisfaire ses désirs en la personne, avenante et replète, d'une servante. Madame S. s'était laissé convaincre. Madelou devint maîtresse de Miradour, maison et alentours.

Sa fille aînée préférait les grandes vacances chez son grand-père à Bayonne, proche des plages de Biarritz où elle retrouvait ses flirts. La cadette, elle, dès avant l'arrivée des parents, montait sur la colline en compagnie de sa grand-mère Berthe. Conduites par Firmin dans une Chevrolet grise qui avait succédé à la Salmson noire, elles s'arrêtaient à la Guyenne et Gascogne de Sainte-Marie-de-Gosse, où Berthe faisait provision de vivres, achetait un cornet à surprises pour la fillette et un paquet de Gauloises bleues dont elle irait les jours suivants, de son pas lent et lourd, distribuer deux par deux les cigarettes à chacun de ceux qui travaillaient dans la propriété. Léon de Somsecq, la ferme la plus proche de la maison, était le premier servi, Matthieu du Moulin près du lac, le dernier, quand elles repartaient. Chacun portait le nom du lieu où il habitait comme un titre de noblesse. Mais tout ça appartient au passé.

À l'époque où commence cette histoire, Berthe et son époux sont morts. La clinique et la villa de Bayonne ont été vendues. Paul a pris sa retraite. En quittant le service de psychiatrie qu'il dirigeait, il a quitté la psychiatrie, à laquelle il a consacré la plus grande part de sa vie, et s'est lancé pour des raisons sur lesquelles nous hésitons dans une étrange quête : celle des ancêtres de sa lignée maternelle. Il passe désormais ses jours en bibliothèque. N'en concluons pas qu'il quitte les vivants pour les morts car les papiers revivent sous son regard, en particulier les archives qu'il consulte assidûment au minutier central de la rue Vieille-du-Temple. Alors il ne part pas de gaieté de cœur au milieu des pins, coupé de ses sources à lui. D'ailleurs il n'a jamais aimé la campagne. Sa journée de travail commencée à l'aube s'achève vers 5, 6 heures de l'après-midi, après quoi il est de très mauvaise humeur et s'ennuie ferme. Mais il fait contre mauvaise fortune bon cœur, obéissant au seul devoir que sa femme lui impose : deux mois d'été à Miradour.

Dès qu'elle est là-haut, Madelou resplendit. Elle ne cesse d'aller et venir, entre le marché à Peyrehorade et les courses à Saint-Martin-de-Hinx, entre Hossegor et la Mer sauvage, une plage presque déserte où elle va se baigner en compagnie de Nénette qui ne sait pas nager, entre les fermes et métairies confiées, sur les conseils de l'ancien gérant, à une colonie de Lettons. Personne au village ne sait pourquoi ni comment ils ont atterri là, ni à quoi servent ces petites cabanes de bois qu'ils construisent autour d'un poêle. Leur chef, Briédis, est un géant magnifique. Il donne des cours de tir à Madelou dans les bois, accrochant des cibles au tronc des pins.

Paul se couche aussi tôt qu'il se lève, s'engage alors dans la chambre à côté, la belle chambre donnant sur la terrasse, une solitude heureuse. La nuit est sa liberté, son atelier. Elle écrit à ses filles, même à celle qui est dans la chambre à côté, des choses qu'elle ne dit pas de vive voix, elle écrit à sa sœur, à ses amies, au poète aimé. Elle médite l'évangile du jour, ou le poème de Hölderlin qu'elle traduit, passe avec un naturel confondant de son dieu à tous les dieux. Les soirs où elle est fatiguée, elle relit les Anglaises dont les romans la captivent depuis sa jeunesse : Jane, George, les sœurs Brontë, Emily et Charlotte. Mais d'abord elle se démaquille, se parfume, enfile par-dessus sa longue chemise de nuit pâle un peignoir en coton fleuri, puis, défaisant son chignon, sort sur la terrasse brosser sa chevelure qui de blond vénitien est devenue blanche. Les cheveux sur sa brosse, elle les laisse s'envoler depuis qu'elle a découvert un nid où l'oiseau avait enchevêtré aux ramilles, brindilles et mousses, de longs fils blancs… Puis d'une seule épingle en écaille les relève. Ainsi parée, élégante et parfumée, peut commencer sa longue soirée entre la chambre où ronronne Capucine et la terrasse où contempler la nuit pacifique, en attendant le hululement d'une chouette hulotte qui a pris ses quartiers pas loin.

Capucine, ainsi nommée à cause de la couleur de sa robe, devenait susceptible en vieillissant, boudait si on ne s'occupait pas d'elle, allait se cacher pour qu'on s'inquiète. Capucine ! Capucine ! Alors elle accourait, mais sans plus danser sur ses quatre pattes. Elle qui aimait le jour où gambader préférait désormais la nuit à cause de ses rhumatismes, surtout à Miradour où elle avait le privilège de dormir dans son panier près de sa maîtresse. Libre de choisir entre le sommeil et la veille, plaquée sur le sol encore chaud de la terrasse quand sa maîtresse, sur une chaise longue, contemplait le ciel étoilé, pensait, rêvait. Elle avait appris avec le temps à ne pas aboyer quand hululait la chouette.

Comment arracher Paul au cafard du soir qui tombe, à ce démon campagnard qui ne se manifeste pas à Paris ? La question cette année se pose plus vivement que d'habitude car il ne cesse de répéter combien il est heureux entre son bureau avenue Montaigne et le minutier rue Vieille-du-Temple. Comme pour laisser entendre – à bon entendeur, salut ! – qu'il se passerait volontiers de l'été à Miradour... Aucune des filles ne peut tirer Madelou d'embarras. Rose, l'aînée, qui d'ailleurs n'a jamais beaucoup fréquenté la colline, se débat contre les chagrins d'un divorce. Marianne, qui avait coutume jusqu'à l'an passé de les rejoindre et de se réjouir, à la tombée du jour, d'écouter son père lui lire ce qu'il avait écrit le matin, d'en discuter ensemble en buvant un petit verre, eh bien, Marianne a la tête ailleurs.

Octave B., comédien dans sa jeunesse, était devenu marchand de biens avant de suivre sa pente en la remontant. Bref, il avait gagné de l'argent pour le dépenser en pièces de théâtre et produire des films. Récemment divorcé, il avait loué un petit appartement dans le VIIe arrondissement de Paris et réalisé au seuil de sa nouvelle existence un rêve : avoir un valet de chambre. Le premier qui se présenta fut aussitôt engagé. Homme d'un certain âge, au port imposant, au visage noble et flottant, qui avant de sortir ses lettres de recommandation et de décliner ce qu'il savait faire (tout, en vérité, sauf conduire un véhicule) posa deux questions à la troisième personne qu'il maniait admirablement : Monsieur est-il marié ? Monsieur a-t-il l'intention de se remarier ? La dénégation l'ayant rassuré, il ajouta que, s'il y avait du passage, il comprendrait, mais que si l'habitude se prenait, il donnerait son congé. Ce fond misogyne, commun à tant d'hommes, enchanta son futur maître. Qu'Albert, tel était son prénom, veuille entretenir avec lui une relation privilégiée lui parut de bon augure. Et pour le cinéphile qu'il était, cet homme droit et sans beauté incarnait l'opposé du *Servant* de Losey !

Aux passagères d'une nuit, qui contraignaient Albert à servir parfois deux petits déjeuners, succéda de plus en plus souvent une autre, la même, dénommée Marianne. Inquiet, il entreprit de la décourager. Oh que Madame a mauvaise mine ! lui disait-il tôt matin, quand elle se hâtait de boire un café avant d'aller donner ses cours au centre Censier, Madame travaille trop, elle devrait plus souvent se reposer chez elle. Ou encore : Monsieur est changeant, il se lasse très vite… Ces mises en demeure qui eussent exaspéré toute femme normalement constituée tombaient à plat – Marianne étant douée d'un fort sens de l'humour hérité de son père. Madame les rapportait à Monsieur, ils s'en amusaient.

Un drame mit fin à leur amusement. Un lundi matin, secoué de sanglots, Albert annonça que son « filleul » s'était suicidé. Il appelait ainsi l'homme dont il partageait la vie depuis quelques années et qui travaillait à l'imprimerie du *Journal officiel*. La femme jugée envahissante se montra en la circonstance attentive et secourable, les griefs d'Albert tombèrent, il se confia à elle.

Fils unique de parents qui ne parlaient qu'alsacien, né dans le Haut-Rhin redevenu français après la guerre de 14-18, toujours premier à l'école, il avait mis son point d'honneur à parler et à écrire notre langue mieux que la plupart des « Français de l'intérieur ». Tôt orphelin de père, sa mère, cuisinière, lui avait enseigné les rudiments du métier. Sur son conseil, il avait épousé très jeune une fille sympathique qui travaillait dans l'hôtellerie tenue par son père, lequel l'engagea comme cuisinier. Dès la première année le devoir conjugal lui pesa. Il passait de plus en plus de temps auprès de son beau-père dont il appréciait le calme, la sagesse, et jusqu'à l'eau de Cologne de Jean-Marie Farina qu'il adopta. Bref, il tomba amoureux de son beau-père, comprit que son destin le détournait des femmes, et quand il trouva le courage de l'aveu, son beau-père, les larmes aux yeux, lui conseilla de divorcer au plus vite et de partir le plus loin possible, dans la capitale, où il lui donna l'adresse d'un restaurant. C'est là qu'un riche habitué, surpris par sa cuisine et sa conversation quand il allait le féliciter aux fourneaux, lui proposa de l'engager à titre individuel comme cuisinier valet de chambre. Albert accepta aussitôt. Sa vie dès lors changea. Les jours de congé, il se mit à fréquenter un thé dansant pour hommes. Il y rencontra un jeune imprimeur au *Journal officiel*, fragile et dépressif, dont il s'éprit au point de lui proposer la vie commune. Mais il avait échoué, il ne l'avait pas sauvé ! Le jeune homme avait mis fin à ses jours exactement de la même manière que son oncle maternel.

Marianne se souvint à propos que son père disait n'avoir jamais rencontré, au cours de sa longue carrière, un patient suicidaire sans qu'il y ait eu de près ou de loin un cas semblable dans la famille. Le sentiment de culpabilité d'Albert s'en trouva apaisé. Il éprouva de la reconnaissance envers le père de Madame et, par ricochet, envers elle. Comme il menait grand deuil, elle lui suggéra de recommencer à sortir, de revoir ses amis. Mais d'amis il n'en avait point. Alors il retourna au thé dansant, fréquenté par des gens bien, surtout de la police, lui expliqua-t-il, précision qu'elle mit sur le compte des préjugés d'Albert, homme de droite, strict et inquiet. C'est à ce thé dansant qu'il rencontra son futur filleul : un instituteur du Nord, un collègue de Madame, s'empressa-t-il d'ajouter.

À la veille de l'été, Madelou eut un problème autrement compliqué que l'absence présumée de sa cadette : le train de maison. Adrienne, la cuisinière, trop âgée pour monter les étages, refusa net de quitter Paris. Sa nièce, à laquelle elle proposait de la remplacer, refusa d'aller s'enterrer à la campagne. Bien obligée, Madeleine consulta les petites annonces du *Figaro*. Le couple était abonné à deux journaux : *Le Figaro* du matin et *Le Monde* du soir (à l'époque, les PTT distribuaient jusqu'à trois courriers par jour). Ainsi fut engagé un jeune Italien prénommé Claudio, étudiant à l'université de Bologne, qui se plaçait pendant les vacances afin de pouvoir terminer ses études. Son objectif et sa bonne volonté firent la meilleure impression – sauf qu'il cuisinait surtout des pâtes et ne savait pas repasser. Paul en profita pour retarder le départ à la mi-juillet. N'allait-il pas en profiter pour le retarder sans cesse et passer tout l'été à Paris ?

L'inquiétude de sa mère inquiéta Marianne au point qu'elle offrit de les rejoindre « comme avant », au mois d'août. Sauf qu'elle ne proposa pas de venir seule ou à deux. Jamais à court de solutions, voulant tout concilier comme d'habitude, elle imagina d'arriver avec Octave *et* son maître d'hôtel – lequel cuisinait et repassait à merveille. Or Albert, on l'a vu, n'était plus seul. Même si l'idée de rencontrer et de servir Monsieur le professeur lui agréait, il n'envisageait pas de quitter son filleul qui, de surcroît, était en vacances comme tous les instituteurs de la République. Voilà comment sur la colline allaient bientôt se retrouver deux femmes et cinq hommes si disparates.

Avisée par téléphone, Nénette, qui voyait s'enfuir leurs vagabondages, se désolait : Madelou, Madelou, comment allez-vous loger tous ces hommes ? Elle disait plus vivement « la troupe » ! L'amour avait mal commencé pour elle, à dix-huit ans, avec un médecin dont le nom et la spécialité commençaient par un *o*. Il n'avait pas tenu ses promesses, d'où la défiance qu'elle éprouvait envers la gent masculine. Un jour où elle était allée précipitamment se laver les mains après avoir serré la main de Paul, et Marianne ayant demandé pourquoi (elle avait depuis l'enfance la manie de poser des questions, d'où parmi ses nombreux surnoms celui de Mais Pourquoi), Nénette lui avait répondu vertement qu'il était temps de savoir : tous les hommes sans exception, pères et pape inclus, se tiennent la queue pour pisser droit. Sur la lancée, elle avait conseillé de suivre son exemple et de se laver chaque fois les mains !

Du béret noir posé de traviole sur ses cheveux courts à ses espadrilles blanchies à l'ancienne, de ses ongles coupés au carré à son odeur de savon de Marseille, Mais Pourquoi chérissait Nénette parce que l'amour que cette grande bringue portait à sa mère ne rivalisait pas avec le sien. Un amour si désintéressé qu'il englobait l'époux, les filles, le teckel ainsi que le poète qui envoyait à ses bons soins des lettres qu'elle remettait sans poser de questions.

À peine Madelou arrivée à la mi-juillet apparut Nénette au volant de sa deux-chevaux qui, elle, ne calait jamais dans la côte. Vêtue de son sempiternel uniforme : chemisier blanc impeccable et jupe en portefeuille pour les longues foulées de ses pas. Avec son beau sourire, un bouquet de dahlias, et pour seul programme : comment loger la troupe !

La maison avait deux étages et deux escaliers dont le principal s'arrêtait au premier. Paul était quasiment le seul à l'emprunter pour descendre à son bureau et remonter dans sa chambre. C'était l'exercice de la journée – à l'exception des cent pas qu'il faisait de long en large sous la pergola. Au premier donc, quatre belles chambres avec vue sur l'Adour. La chambre dite d'amis, dont le plus illustre occupant avait été André Gide (pas plus d'une semaine, tant lui aussi s'embêtait à la campagne), puis la chambre de Paul, puis celle de Madeleine. Les trois séparées par des doubles portes pouvaient communiquer, mais un couloir, de l'autre côté, assurait leur indépendance. Dans un renfoncement de ce couloir trônait une somptueuse armoire à linge capable de contenir les draps et les serviettes d'un régiment. La quatrième chambre, à lits jumeaux en acajou, celle des filles, donnait sur la salle de bains qu'elles partageaient avec leur mère et, par une porte-fenêtre, sur le balcon rejoignant la terrasse.

L'autre escalier qui conduisait directement à leurs chambres, beaucoup plus fréquenté, continuait sa route jusqu'au second – une ribambelle de pièces dont deux seulement étaient aménagées, au début et au bout du couloir. Claudio fut d'autorité installé dans la première, une chambre tapissée d'un chintz à lierres rouges autour d'un lit-cage noir à une place, équipée d'un lavabo et d'une douche dont le jet n'était pas particulièrement tonique, mais le jeune homme semblait content à cause de quatre petites fenêtres qui lui donnaient l'impression d'être un guetteur… non mélancolique, ajouta-t-il. Madeleine, agréablement surprise, se rappela qu'il étudiait à l'université ! La suite était plus préoccupante. La chambre d'amis du premier étage aurait dû revenir à Octave, mais Nénette ayant judicieusement posé la question de savoir s'il dormait seul ou « accompagné », la proximité avec la chambre du père écarta cette solution. Elles l'installèrent donc au second, bien tranquille, au bout du couloir – lit à deux places, salle de bains attenante. Une mauvaise surprise les attendait au dos d'une porte donnant sous les combles : elle était tapissée de chauves-souris crucifiées ! Quel salaud a bien pu torturer ces bestioles, s'exclama Nénette.

Hélas, c'était une femme ! Désolée, Nénette, personne n'a dormi là depuis cette jolie soubrette que les amis de mes filles courtisaient… Claudio s'étant fait porter pâle devant le spectacle, Nénette enfila vaillamment des gants de caoutchouc rose et entreprit de déclouer les petits cadavres. Eau de Javel, coup de pinceau, fenêtres ouvertes, bouquets de menthe, l'affaire fut réglée. Restait le casse-tête du couple Albert et son filleul – Marianne, à laquelle on s'était gardé de conter l'épisode macabre, ayant évoqué au téléphone leur taille et leur poids, deux malabars. Encore une fois, Nénette prit les choses en main et dénoua la situation.

La haute maison était prolongée par un bâtiment bas où se trouvaient en enfilade, après la cuisine, une buanderie, un cellier et un fruitier. Nénette eut l'idée géniale de transformer le fruitier vide en chambre, supprimer les casiers, réunir deux petits lits des pièces inoccupées du second étage pour fabriquer un lit matrimonial, et achever de les unir par de grands draps de lin. On ne manquait pas de linge là-haut, les trousseaux hérités d'autrefois étaient inusables ! Pour descendre les lits ainsi qu'une commode, des chaises, des lampes, bref, le nécessaire et mettre tout en état, elle organisa une virée de copains artisans de Saint-Martin-de-Hinx – menuisier, électricien, plombier, ce dernier chargé de vérifier dans la buanderie le fonctionnement des toilettes, dont il changea la cuvette, d'une douche, dont il changea la pomme, d'une machine à laver le linge, qu'il répara. La valse des camionnettes guidées par la deux-chevaux dura quelques jours, tout fut réalisé à temps – Madeleine ayant apporté sa touche par des gravures anciennes qu'on accrocha dans la nouvelle chambre, un rideau en plastique à fleurs disposé autour de la douche, un porte-serviettes chauffant à cause de l'humidité, une cuvette en porcelaine posée sur une vieille coiffeuse rajeunie par une prise de terre qui servirait au rasage des messieurs. Albert et Philibert furent enchantés de la disposition des lieux et de se sentir libres, séparés de la famille.

Paul se levait entre 5 et 6 heures du matin, avec une énergie comparable à celle de ses dix-huit ans, après qu'il eut découvert un dimanche matin, dans un petit amphithéâtre de l'hôpital Sainte-Anne, l'enseignement de Georges Dumas et pris la décision de devenir psychiatre. La retraite venue, ou plutôt choisie après mai 68 et une décision ministérielle de séparer la neurologie de la psychiatrie, il avait tourné le dos à sa vie antérieure. Lui qui avait tant étudié la mémoire et ses maladies, voilà qu'il s'était placé devant une inconnue : l'avant mémoire, autant dire l'histoire. Selon Péguy, la mémoire d'un individu s'arrête au « mur des quatre », constitué par les quatre grands-parents. Au-delà de leurs souvenirs, et du récit qu'ils nous en font, est la mémoire collective, celle qu'explorent justement les historiens.

La lettre d'un aïeul, découverte à la mort de sa mère bien-aimée dans les papiers qu'elle avait conservés, fut le point de départ de sa quête. Cette lettre évoquait une ascendance qui l'intrigua. Comment passa-t-il d'une curiosité légitime à une entreprise démesurée ? On l'ignore. Il ignorait lui-même si les années qui lui restaient à vivre en verraient l'aboutissement. Le fait est qu'il l'entreprit : il avait un plan. C'était un homme à plans : plans de vie, plans d'études, plans de carrière. Tous, il les avait réussis. Alors il enfilait allégrement sur son pyjama sa vieille robe de chambre et descendait l'escalier principal jusqu'à son bureau.

Un bureau tapissé de livres qu'il ne lit plus et de dictionnaires qu'il consulte sans cesse. Des poètes auxquels il doit son amour de la poésie – ceux qui habitaient le Pays basque de son enfance, Edmond Rostand à Cambo-les-Bains, Francis Jammes à Hasparren, Paul-Jean Toulet à Guéthary – à tous ceux qui l'ont conforté pendant l'adolescence et les années d'apprentissage à la Salpêtrière, Rainer Maria Rilke en tête – surtout *Les Cahiers de Malte Laurids Brigge.* Dans sa bibliothèque on trouve aussi l'œuvre entier d'André Gide, auquel il a consacré une « psychobiographie », genre littéraire qu'il a en quelque sorte inventé, *La Jeunesse d'André Gide.* Dans la jeunesse de cet écrivain il trouve la genèse de son œuvre – riche jeu de mots qui peut s'appliquer à bien d'autres. Après l'académie de médecine, l'Académie française lui ayant ouvert ses portes, il y a aussi nombre d'ouvrages de ses confrères qu'il n'a pas tous lus. Face au bureau proprement dit, celui de son père, trois belles tables anglaises à rabats, une grande et deux petites, acquises en son temps par Madame S. chez Madeleine Castaing, surchargées de dossiers contenant les chapitres en cours et des livres archisoulignés portant sur les règnes de Louis XIII et Louis XIV, le Paris de l'époque, ses quartiers, ses artisans. Il n'en est qu'au début d'*Avant mémoire*, mais il a son plan ! En tout cas celui de la première partie : *D'une minute à l'autre*. C'est Madelou qui dans sa Citroën a vaillamment déménagé tout ça de bureau à bureau, séparés quand même par huit cents kilomètres !

Une des raisons de son allégresse matinale vient du fait qu'Albert, second levé dans la maison, lui apporte son petit déjeuner dès 7 heures du matin. Il n'a jamais connu ça. Albert frappe théâtralement trois coups à la porte et apparaît portant sur un plateau la cafetière ébouillantée, pour que le café reste chaud, des rôties sur lesquelles le beurre a fondu, à côté d'une petite salière dont il aime à saupoudrer ses toasts. Il croit même entendre Albert prononcer les paroles attribuées au valet de Saint-Simon éveillant son maître : aujourd'hui Monsieur a de grandes choses à accomplir.

Marianne n'attend pas qu'Octave soit réveillé pour descendre à la cuisine prendre son café et remonter travailler dans sa chambre. Elle achève son second roman. Un matin, l'ayant appelée en vain de dessous les platanes, son père est monté, il a toqué à sa porte, sans réponse il est entré. La chambre était vide, le lit non défait. Il est passé en coup de vent chez sa femme : Où est Marianne ? Sa chambre est vide et le lit pas défait ! Voyons Paul, d'une voix douce, elle dort avec Octave. Ah bon ! Désappointé, il est ressorti aussitôt. Un autre matin il a eu plus de chance : Anita, Marianita, appelait-il de dessous les platanes, descends, une affaire urgente ! Elle a dévalé l'escalier. — Tu me vois très embêté, lui dit-il avec un sourire qui démentait tout embêtement, figure-toi qu'Albert m'a rejoint quand je faisais mes cent pas, impeccable comme d'habitude, chemise blanche cravatée de noir et grand tablier blanc, et il m'a fait la déclaration suivante : Je dois avouer à Monsieur le professeur que je suis irrésistiblement attiré par la personnalité de Monsieur le professeur… — Qu'as-tu répondu ? — Que j'étais très touché. — Parfait, et comme dit ton ami Lacan, restons-en là.

Les relations d'Albert avec Madame mère n'en vont pas de même et sont au début assez tendues. Madame entre dans la cuisine pour un oui ou pour un non et se permet des réflexions qu'un homme fier de son métier juge déplacées. Le drame éclate un mardi, où ayant contemplé d'un air songeur la cuisinière à bois et passé sur elle un doigt qui revient noir, Madame mère suggère de la nettoyer. D'un geste majestueux lui désignant la porte, Albert la congédie en ces termes : Madame n'est pas chez elle dans ma cuisine, alors je la prierai de bien vouloir sortir ! S'ensuivent quelques jours étonnants où ils ne s'adressent plus la parole et communiquent par lettres. Albert glisse sous la porte de la maîtresse de maison les menus qu'il a conçus et la liste des viandes, légumes et fruits dont il a besoin – puisque c'est elle qui fait les courses. Elle glisse sa réponse sous la porte de la cuisine. Paul et Octave intercèdent en vain, le premier auprès d'elle, le second auprès d'Albert, rien à faire, aucun ne veut présenter d'excuses. La situation se dénoue par miracle le dimanche suivant, peut-être à cause de l'évangile du jour. Madelou toque pour la première fois à la porte de la cuisine, entre après avoir entendu « entrez », et,

Philibert et Claudio sont témoins, tend à Albert un trèfle à quatre feuilles en murmurant : Pour vous porter bonheur. Je suis vraiment désolée… Moins que moi Madame, s'incline Albert. Et ils s'embrassent.

Albert se parfume ? demande Madeleine à sa fille. Oui, à l'eau de Cologne de Jean-Marie Farina. Je crois qu'il utilise pas mal de produits de beauté, en tout cas il m'a vivement conseillé de faire comme lui et de « réveiller ma peau » le matin avec Oil of Olaz. Plaît-il ? Jamais entendu parler de cette lotion… Mère et fille n'ont pas trouvé la lotion miraculeuse, mais un petit paquet contenant l'eau de Cologne préférée fut le cadeau suivant. Inutile de préciser que Madame mère acquit dès lors un total respect.

Il n'était pas rare le matin, dans le corridor du premier, d'entendre Serge Lama se plaindre qu'il ne rêve plus, qu'il ne fume plus, qu'il est sale et laid dès qu'*elle* n'est pas là, avant de hurler qu'il est mala*DE*, en accentuant le *e* muet, pire, com-plè-te-ment ma-la-*DE*, et Claude François se plaindre en sautillant qu'il n'est pas aimé, qu'il est mal aimé puisque personne ne cherche à comprendre le désespoir qui est au fond de lui… C'est que Marcel – le copain et confident de Charlie, héros du roman en cours – est un fan de chanson française. Il a coutume d'illustrer les états d'âme de son ami, amoureux fou d'Adèle, par les paroles qu'il connaît par cœur destinées à le réconforter, à lui faire entendre qu'il n'est pas seul au monde à souffrir, à lui conseiller de suivre Ringo, de dire à cette fille qu'elle est trop fragile trop belle pour rester seule, qu'elle ne vit sa vie qu'à moitié, bref, à s'exprimer avec lyrisme, que diable !

Marianne passe et repasse le répertoire sur un vieux gramophone pour se replonger dans l'atmosphère de son roman, assez éloignée de celle régnant dans la famille… puisqu'il se déroule dans le milieu de la confection, au Sentier, un quartier de Paris. Sa thèse, ou son propos, est que la *fin'amor*, la plus fine, la plus profonde des conceptions de l'amour, n'est pas une utopie de troubadours cantonnée aux cours et aux châteaux d'antan, qu'elle peut se réanimer n'importe où, pour n'importe quelle dame, dans la sincérité d'un cœur. D'où cinq chapitres qui suivent les étapes de l'amour courtois : regards, baisers, vision, congé, récompense. Elle en est au dernier, celui où Charlie, après un long service, obtient enfin sa récompense, le *gran joi*, la joie de jouir en l'aimée.

On est en août, il fait de plus en plus chaud. L'été l'été l'été Salvatore Adamo est de plus en plus fououou… l'été l'été l'été il a le sang qui bououout… l'été il est plus que jamais Italiano-O ! Quand passe la chanson d'Adamo même le sage Claudio lambine dans le corridor et entonne Italiano O O sole mio ! en songeant à la fille qu'il aime. Albert, plus accoutumé d'entendre à Paris, quand vient Madame, du Ravel et du Monteverdi, ne comprend pas ce qui se passe.

Le petit déjeuner, moment favori d'Octave, dernier levé, lui est servi sur un plateau dans son lit. Près d'une cafetière pleine à ras bord, Albert a disposé selon son humeur des toasts enveloppés d'une serviette blanche pour rester chauds, des coquilles de beurre, un pot de confiture rouge, ou bien un matzah brei, galette d'œuf et de pain azyme. Après quoi, Octave fume sa première cigarette, se lève, fait sa toilette en écoutant les informations à la radio, ne se rase plus car il se fait pousser la barbe, s'habille, hésite entre plusieurs tenues, puis s'installe à la table en bois rustique que Nénette et Madelou ont baptisée bureau. Sur la table, entre deux dictionnaires servant de contreforts, est installée sa « bibliothèque » composée exclusivement d'ouvrages rousselliens : le premier et le dernier livre – *La Doublure*, publié à l'âge de vingt ans, *Nouvelles impressions d'Afrique*, paru un an avant sa mort. *La Vue*, on saura bientôt pourquoi, et *La Poussière de soleils*, à cause de la course au trésor et surtout de la fin. À côté, la biographie de François Caradec, *Raymond Roussel*, et *Actes relatifs à la mort de Raymond Roussel* de Leonardo Sciascia, récemment traduit aux éditions de L'Herne.

Octave B., dont l'activité principale est désormais de produire des films, caresse depuis quelques semaines l'idée de tourner lui-même, pas un long, ah ça non, mais un court métrage. Un court métrage sur la mort mystérieuse à Palerme – suicide ou assassinat ? – d'un homme qui lui est devenu cher pour des raisons qu'il ne s'explique pas lui-même. D'où le choix des livres posés sur la table. Mais entre caresser une idée et la coucher sur papier il y a un pas si important à faire que jusqu'à présent il ne l'a pas fait. Et voilà que contaminé par l'atmosphère studieuse qui règne dans la maison il commence à établir des fiches (dates, personnages), à cocher au crayon dans ses bréviaires, Caradec et Sciascia, les éléments pouvant servir de canevas, sans pour autant ouvrir le précieux cahier couvert d'un tissu aux motifs années trente que Marianne lui a offert pour y écrire le scénario. Cahier vierge, plus pour longtemps, il en est sûr, il attend le déclic, Biarritz ? Mme Roussel mère y avait fait naguère construire un hôtel particulier donnant sur l'Océan et, selon Caradec, ce que le jeune Raymond voyait de ses fenêtres lui inspira *La Vue*.

Biarritz n'est pas loin, une quarantaine de kilomètres, ils y vont par une belle et chaude journée, emportant maillots et serviettes. Et, dans son étui de cuir et un petit sac étanche, le Leica que Madelou a spontanément prêté alors qu'elle y tient comme à la prunelle de ses yeux. C'est un cadeau que lui a fait le général Koenig, alors commandant en chef de la zone d'occupation française en Allemagne, et ce cadeau a modifié sa vie. Elle qui ne connaissait que les photos officielles – celles des baptêmes, mariages et studios où l'on pose – a découvert qu'on peut photographier la vie ordinaire, un écureuil ou son mari, aussi bien que l'extraordinaire. Partie avec lui en Égypte (l'appareil, pas le général), invitée par un pacha dont Paul avait guéri l'épouse neurasthénique, elle en a rapporté des photographies par dizaines. Si elle peut se revoir, vingt ans après, devant une allée de sphinx, derrière la jambe monumentale d'un pharaon ou à dos de chameau, c'est bien qu'elle a confié un instant le Leica à son boy… alors elle n'hésite pas à le confier un jour entier à sa fille.

Aussitôt arrivés à Biarritz, ils se dirigent vers la plage du Miramar, plage sur laquelle donne l'ancienne villa Roussel, devenue villa Begoña. Haute villa à plusieurs étages reliés à l'extérieur par un escalier tournant, balcons tournés vers l'Océan, balustrades cintrées, tout semble danser. Du côté intérieur, une terrasse spacieuse domine un patio séparé de la ruelle par une grille. Les grilles d'origine en fer forgé patiné noir et doré, au chiffre de Marguerite Roussel, ont été depuis belle lurette déposées – récemment vendues aux enchères. Comme elle devait être belle, cette villa, au début du siècle dernier, belle aussi de sa solitude, pas étouffée comme aujourd'hui entre un hôtel et un immeuble hideux. Mme Roussel n'en a guère profité, remarque Octave, elle est morte la villa à peine achevée, Raymond et sa sœur Germaine l'ont vendue. Ils tournent autour, admirent, déplorent, photographient, se baignent, remontent par la Grande Plage jusqu'à la pâtisserie Miremont où ils se restaurent, devant un panorama qui va jusqu'au phare, y achètent des gâteaux pour tous ceux de Miradour et reprennent la route.

Oh vain travail de s'informer, d'apprendre que le terrain biarrot vendu à la mère de Raymond, Marguerite, fille du premier président de la Compagnie générale des omnibus, l'a été en 1909, qu'il est donc impossible que Raymond se soit inspiré des promeneurs et des rochers aperçus depuis la fenêtre de la villa Roussel ! Mais Marguerite aura séjourné à Biarritz avec ses enfants avant d'y acquérir un terrain, elle aura pris, par exemple, une suite à l'Hôtel du Palais, d'où la vue est quasiment la même… Alors ne cherchons plus. Comme espéré, au lendemain du pèlerinage Octave ouvre son cahier.

Une voix off, grave et monotone, récite le testament de RR. Tandis que dans une cuisine le chef confectionne avec minutie un plat compliqué. Sur une table de préparation patientent d'autres mets.

« Je désire des obsèques très simples. Ni fleurs ni couronnes. Pas de photographie ou image mortuaire.

Je désire qu'un exemplaire de chacun de mes livres intitulés l'un Comment j'ai écrit certains de mes livres, *l'autre* Document pour servir de canevas *soit envoyé par la poste en recommandé à… »*

On abandonne la cuisine, et l'alchimie de la préparation du repas de RR, pour voir au fur et à mesure que la voix off indiquera les adresses des destinataires un plan de rue, ou une plaque, une maison, une fenêtre avec un rideau qui bouge comme pour suggérer une présence

« … à Messieurs Robert Desnos, 6, rue Lacretelle, Paul Éluard, 3, rue Ordener, Tristan Tzara, aux bons soins de Paul Éluard, André Breton, 42, rue Fontaine, René Char, 9, rue Considérant, Salvador Dalí, 7, rue Gauguet, André Gide, 1bis, rue Vaneau, Louis Aragon, 21, rue Saint-Pierre à Neuilly… »

La voix commence à se perdre peu à peu sur l'énoncé des derniers noms.

Même jour, affolement au premier étage, Madeleine ne trouve plus son diamant. Scène récurrente que ses filles connaissent depuis l'enfance : dès qu'elle ne porte pas sa bague de fiançailles, elle la cache et oublie la cachette. Marianne tente de la raisonner. Quand l'as-tu vue pour la dernière fois ? Hier soir. Je l'ai ôtée pour laver mon petit linge et je l'ai posée sur la table de toilette. Ensuite ? Tu ne l'as certainement pas laissée passer la nuit toute seule dans la salle de bains. Je me suis assise à mon bureau, j'ai relu la lettre de Sepp et j'ai essayé de traduire quelques vers de Hölderlin qu'il m'a recopiés. Alors c'est de ce côté-là qu'il faut chercher. Marianne fait du regard le tour du bureau, s'arrête sur le dessus de cheminée en tissu où sont posés quelques objets aimés : une Vierge bretonne sous son globe, une jeune fille de Seurat (en reproduction, mais encadrée comme si c'était l'original), un petit portrait de Hölderlin de profil, lui aussi encadré, appuyé contre le mur… Derrière le poète se trouve le diamant.

Madeleine recouvre son calme et ses couleurs, sa fille la prend dans ses bras. Apercevant sur la commode, bien en évidence, l'appareil de photo prêté la veille, elle ne peut s'empêcher d'établir un lien entre le retour du Leica et la disparition du diamant. Le passé de ces deux objets n'est pas le même. L'un est un cadeau destiné à Madeleine seule, à ses beaux yeux, l'autre ne lui était pas destiné.

Le père de Paul avait fait l'acquisition, à la bijouterie Gomez Vaez de Bayonne, d'un pur solitaire pour la fiancée de son fils – une jeune fille riche, fréquentant les courts de tennis en jupette et les bals en robe longue. La richesse était entrée par effraction dans le plan de vie de Paul : psychiatrie et littérature, littérature et psychiatrie. Un mariage d'argent évitait bien des soucis, dispensait de la clientèle, libérait du temps… La rencontre avec Madeleine, dans la salle d'attente du rectorat de la Sorbonne, chamboula le plan. Il tomba amoureux, mais il se releva. Il renonça à la jeune fille pauvre, qui renonça à ses études de philosophie et retourna vivre chez ses parents, à Saint-Quentin. Puis Paul rompit ses fiançailles, l'amour n'ayant pas tardé à triompher, et il dépêcha sa mère à Saint-Quentin pour demander la main aimée. D'où l'incessante inquiétude que le diamant destiné à une autre, sinon volé, soit à son tour dérobé… Maintenant qu'il est retrouvé, riant de son effroi, Madeleine allume une cigarette, sa fille aussi.

Madeleine a les yeux verts et fume des Kool à la menthe. Paul a les yeux bleus et fume des Gitanes bleues. Blonde aux yeux bleus, Marianne fume des blondes légères, Rich & Light. Brun aux yeux bruns, Octave fume des brunes, les mêmes que Paul mais avec filtre. En étudiant tard le soir dans la cuisine Claudio fume des cigarillos, la fenêtre grande ouverte. Albert et Philibert ne fument pas.

Les matinées sans courses à faire sauf, en route, acheter du pain, Madelou s'échappe avec Nénette qui vient la chercher à 9 h 30 pile pour aller à la Mer sauvage. Elle est prête. Elle a enfilé sur son maillot sa robe chemisier verte (la surnommée « cabine de plage », si pratique pour se changer après le bain) et elle part tranquille accompagnée de Capucine, tout son monde au travail, Paul au rez-de-chaussée, Marianne au premier, Octave au second, les trois messieurs de service entre les étages ou bavardant, c'est selon. La deux-chevaux prend des petites routes de campagne et traverse une forêt de pins avant de se garer là où s'arrête le chemin, devant une barrière de hautes dunes empanachées de chardons et de pavots cornus qui semblent défendre l'accès à une sorte de paradis : une plage de sable fin couleur de lin, peignée par le vent, qui s'étend à perte de vue. Même plus jeune, Capucine détestait cette barrière où les feuilles dentées et les épines des pavots jaunes la menacent, les chardons bleus la piquent, sa truffe humide s'emplit de sable, ses courtes pattes s'enfoncent, et Nénette la porte dans ses bras jusqu'au bord de l'eau, là où le sable humide est un peu dur. Les grandes serviettes se déploient plus haut, sur le sable chaud, et Madeleine court se jeter à l'eau. Passé la barre des vagues, elle nage sa drôle de brasse asymétrique, le bras droit projeté vers l'avant, l'autre poussant vers l'arrière, les jambes en ciseau, nage à l'indienne dont ses filles ont hérité. Nénette, à vrai dire, est plus rassurée à Hossegor où la baignade est surveillée. Elle a quand même obtenu que son amie ne nage plus vers le large mais le long du rivage, comme si à deux ou trois mètres elle pouvait encore la secourir, elle qui ne sait pas nager. Sa seule concession à la plage est d'ôter ses espadrilles. Les pieds dans l'eau, toute raide dans sa jupe en portefeuille et son chemisier blanc, Capucine aboyant à côté, elles attendent impatiemment l'une comme l'autre la sortie de l'eau, l'accalmie du bain de soleil.

La plage préférée aujourd'hui n'est plus, on y a construit une cité balnéaire.

Les jours de la Mer sauvage, le déjeuner est exceptionnellement reporté à l'heure dite espagnole. C'est au cours des déjeuners, plus qu'aux dîners rapidement expédiés, que Paul se montre le plus disert, alternant des histoires de ponts, de rues de quartiers parisiens et des histoires bayonnaises. Celles-ci, bien connues de sa femme et sa fille, il les raconte pour Octave, mais elles éprouvent à les réentendre, voire à les corriger en leur for intérieur, un plaisir enfantin.

« Maman mettait plus d'une heure pour aller de notre villa à la cathédrale qui est à deux pas, car elle s'arrêtait à chaque connaissance, faisait un brin de causette, s'enquérait de sa santé, de celle de ses proches, et comment va votre petit François ? et Anne-Marie a-t-elle réussi son examen de passage ? Mais une fois dans la cathédrale elle oubliait tout, s'abîmait dans la prière, oubliait même l'heure des cadrans et se retrouvait enfermée… »

Non, il exagère, c'est arrivé deux fois, le bedeau a aperçu une masse agenouillée plus sombre que l'ombre régnant autour de l'autel et il l'a fait sortir par la sacristie. D'ailleurs qu'est-ce que Paul sait de la prière, lui qui est devenu agnostique avec le temps ? Prier, pour Berthe, ne consistait pas à égrener son chapelet, à enfiler les *Notre Père* et les *Je vous salue Marie* comme d'autres les perles de verre, c'était converser avec le seul qui l'écoutait. Elle lui confiait ses soucis, ses humiliations, ses rébellions cachées, son rejet de celle qui l'offensait dans sa propre maison. Il répondait toujours. Heureuse es-tu, mon amie, parce que tu as bon cœur. Tu es humiliée, tu seras consolée. Heureuse es-tu par ta douceur qui t'ouvrira les portes du royaume. Heureuse es-tu parce que ta compassion envers les pauvres lutte contre la violence du monde. Apaisée, sinon heureuse, elle revenait à la maison.

« On abusait de sa bonté. En particulier, une certaine religieuse espagnole, sœur Margarita. À quel ordre appartenait-elle ? J'ai oublié. Peut-être n'existait-il pas. Cette Margarita tenait toujours les mains fermées pour cacher les stigmates qu'elle aurait reçus par ordre du Saint-Esprit ! Maman la mettait en prières chaque fois que je passais un examen, et comme je les réussissais tous, les mérites de la sœur grandissaient à ses yeux, et aussi le don qu'elle offrait chaque fois pour ses œuvres et celles du père... du père ? Ah ces pertes de noms propres sont insupportables ! Tout ça en cachette. Or mon père, qui à l'ancienne ignorait la Bourse, avait coutume de réaliser ce qu'il gagnait en lingots. Il en avait accumulé pas mal au cours des ans, tous rangés dans la cave de sa villa. Quand le succès de sa clinique fut tel qu'il fallut l'agrandir, mon père, d'un cœur serein, descendit dans la cave pour compter ses lingots. Ils avaient disparu. Volés. Quasiment fou, ses soupçons se portèrent sur le brave Firmin, qui ne savait même pas ce qu'était un lingot et qui fondit en larmes. Puis sur Quiteria la cuisinière, qui dans son indignation se mit à vociférer en euskara. Alertée par les cris, accourue sur ses pauvres jambes si lourdes, Maman se dénonça. C'était elle ! L'un après l'autre, elle les avait vendus pour secourir les pauvres et soutenir l'ordre du bon père Eusèbe, ah le nom me revient, un vieil escroc ! La colère et le désespoir de son époux eurent raison d'elle. Elle avait cru faire le bien, le Bien s'était changé en Mal ! Elle sombra dans une dépression si grave que j'allai la chercher pour la conduire à la clinique de mon élève Maillart où elle passa plusieurs mois. À peu près rétablie, elle revint à Bayonne, plus pour longtemps hélas, car quelques mois après… » Sa voix s'étrangle.

Quand Maman est morte, enchaîne Madelou, qui chérissait sa belle-mère au point de la nommer ainsi, Paul a éprouvé le plus violent chagrin de sa vie. Nous avons pris avec les filles le train de nuit Paris-Bayonne où avaient lieu les obsèques. En descendant du train, Paul a raté une marche. Il était nerveusement si tendu qu'il s'est rompu le talon d'Achille. S'en est suivie une ostéoporose, une maladie osseuse qui dura des années. La cathédrale de Bayonne était pleine, archipleine, tant Maman était aimée. Innombrables, les bouquets de fleurs. Mais ce qui intrigua le plus mon beau-père fut la plus belle des couronnes, une couronne de violettes, qui portait ce ruban : « À Berthe D. les pauvres, ses amis. » Marianne est au courant mais se tait : la couronne de violettes, c'est sa mère qui l'a commandée.

Ce genre de récit introduit Octave, plus familier des prophètes, dans l'univers des apôtres qui le surprend et l'intéresse. Tout en se demandant pourquoi Paul lui raconte tout ça. Pour l'engager dans la famille ou l'en exclure ? Lui faire savoir, de façon détournée, que sa fille n'est pas pour lui ? Marianne évidemment plaide en faveur de l'accueil. Mais pourquoi veut-elle toujours tout concilier ? Pourquoi ne supporte-t-elle pas les conflits ? Ce trait inquiète sa mère, qui lui écrira plus tard une longue lettre à ce sujet. Une lettre admirable, qu'elle mit des semaines à écrire, où elle entrevoyait la faille : une forme rare de l'égoïsme. Vouloir que tout aille bien, demander pardon quand c'est l'autre qui a tort, éviter l'affrontement, faire la paix coûte que coûte… Madeleine a raison, c'est une forme d'égoïsme. Doit-on en déduire une certaine pusillanimité ?

Côté grands-mères, Octave constate qu'il entend plus parler de la morte que de la vivante, de Berthe que de Georgette. C'est pourtant cette dernière qu'il a envie de rencontrer parce qu'elle ressemble aux femmes de sa propre famille. Il paraît qu'elle sait tout faire, cuisiner des plats de maison et des plats de fête, coudre, broder, tenir les comptes, tailler un petit drap dans un grand usé sur les bords. Elle connaît la meilleure cire pour les meubles, comment raviver l'étain, lutter contre les vrillettes, sauver les vieux livres en les brossant et en les recouvrant de papier cristal. Ah, soupire Marianne, tout juste capable de recoudre un bouton et de séparer le jaune du blanc de l'œuf, que n'ai-je appris auprès d'elle ! Lorsqu'elle est là, la maison rajeunit. Cet été elle n'est pas venue, faute de place, mais elle est là partout : pas une serviette de toilette, pas un torchon de cuisine qui n'ait été brodé par elle du beau nom de Miradour. C'est son cadeau quand elle y vient. Installée sur la terrasse, à l'ombre, avec sa boîte à couture, ses bobines, ses ciseaux, elle brode au fil rouge le nom de l'endroit où elle est heureuse. Cet été, elle a remplacé la broderie par de longues lettres à sa fille qui les lit et relit. Toutes signées Georgina. Elle ne signe plus ta Maman, ou Georgette, depuis qu'elle a vu entre les mains de sa fille un roman intitulé *Paulina 1880*. Étant née presque cette année-là, elle s'est rebaptisée et trouve ce nouveau prénom qui se termine en *a* plus joli, plus moderne.

Une lettre. « Georgina chérie, tu avais raison : la chouette hulotte que tu as surprise l'été dernier est une rousse aux yeux noirs. Je l'ai aperçue il y a deux nuits et aujourd'hui Briédis, tu sais le beau Letton, m'a dit savoir où la trouver de jour. La cavité naturelle d'un vieux chêne près de Narthos lui sert de reposoir. Il m'a proposé d'aller voir et qu'avec un peu de chance… Eh bien elle était là, perchée au bord du trou, les yeux fermés, tranquille, en train de prendre un bain de soleil. On ne s'est pas approchés pour ne pas l'effrayer. J'ai éprouvé une grande émotion et je l'ai ajoutée sur ma liste des choses qui font battre le cœur. Mille baisers de ta fille aimante. »

Après le service de table et la vaisselle expédiée par l'instituteur et l'étudiant – façon qu'avait Albert de marquer sa suprématie –, l'heure tardive du déjeuner de ces messieurs est sacrée. Personne n'oserait les déranger. S'ensuit une sieste pour les plus âgés, tandis que le jeune Claudio, trois fois par semaine, s'en va d'un bon pas vers la poste du village téléphoner en Italie. Aller-retour, rude côte à descendre et à remonter, au moins six kilomètres. Madeleine a répété en vain qu'il peut user du téléphone de la maison, il s'y refuse. Ce refus inquiète. Inquiètent aussi les heures tardives, parfois jusqu'à minuit, où il travaille sur la table de la cuisine, entouré de manuels et polycopiés en langues étrangères, aussi bien *General Theory of Natural Equivalences*, de Samuel Eilenberg et Saunders MacLane, que *Catégories multiplicatives* de Jean Bénabou. C'est louche, finit par déclarer Paul. Un étudiant venu de Bologne où est née l'antipsychiatrie, qui étudie une des théories les plus complexes de la mathématique, qui se place en France chez un psychiatre reconnu comme tel, qui fait des kilomètres à pied pour appeler l'Italie, c'est louche. Et s'il se cachait ? S'il faisait partie des Brigades rouges ? S'il était compromis dans une prise d'otage ou un enlèvement ?

Certes, le Mai 68 italien de l'antipsychiatrie, mouvement anti-institutionnel, a heurté profondément Paul, maître et serviteur de l'institution. Cela n'explique pas qu'un homme aussi intelligent puisse déraisonner au point de passer des catégories aux Brigades rouges. Est-ce une tare de la bourgeoisie que d'amalgamer les domaines inconnus qui l'effraient ? Mais Paul n'est un bourgeois que par ses origines. Un certain génie l'a placé hors classe, pour ainsi dire. Ses préjugés viennent d'une province de l'esprit où flottent encore ceux de sa province natale. En tout cas ils n'empoisonnent guère l'atmosphère de Miradour. Là-haut règne la politesse.

Pour quelqu'un qui se méfie de l'interprétation, bravo Paulo ! déclare en riant sa femme au retour de Sainte-Marie où elle est allée poster son courrier. Claudio ne va pas trois fois par semaine à pied jusqu'au village téléphoner en Italie pour te dénoncer aux antipsychiatres, il y va pour parler d'amour ! Il a rendez-vous le lundi, le mercredi et le vendredi à 17 heures, et ce n'est pas lui qui appelle, m'a confié tout à l'heure la postière, qui, entre nous, le trouve charmant. À 17 heures pile il reçoit un appel à la cabine téléphonique, un appel d'Italie. Comme cette brave Landaise comprend mieux les soupirs que l'italien, des soupirs elle a déduit l'amour… je plaisante, elle a entendu à plusieurs reprises *amore mio*. Ce qui m'a incitée, l'air de rien, à poser quelques questions à Claudio, du genre n'est-ce pas trop dur d'être éloigné des siens ? Non. Et d'être éloigné d'un amour ? Il a hésité avant de répondre. La fille qu'il aime s'appelle Antonella, elle appartient à une famille aisée, fait des études de français, et il se hâte d'obtenir ses diplômes pour avoir droit à un poste et la demander en mariage.

Dans sa dernière lettre l'ami Sepp recopiait les trois dernières strophes d'un poème de Hölderlin intitulé « Fantaisie » (ou « Rêverie du soir »). Depuis, Madelou s'efforce de les traduire mais aucune version ne la contente. Sepp dit que le jeune Nietzsche les aimait tant qu'il les avait même copiées et envoyées à un ami, lequel n'estimait pas le poète à sa juste grandeur. Penchée sur l'épaule de sa mère, Marianne voudrait bien l'aider mais elle est en terre inconnue. Pour seul passage vers cette langue et cet univers elle n'a que des brouillons raturés sur des feuilles de papier à lettres bleu.

Maintenant assises l'une à côté de l'autre, vers après vers, Madeleine expose ses doutes : *Au ciel du soir se lève un printemps.* Du soir ou du couchant ? Le moment où le soleil se couche n'est pas encore le soir. *Innombrables s'ouvrent les roses.* Innombrables ou incalculables ? S'ouvrent-elles, ce qui suppose qu'elles seraient déjà là, ou fleurissent-elles tout soudain ?

Au bout d'une heure de discussion, les deux premières strophes donnent :

Au ciel du couchant se lève un printemps ;
Innombrables fleurissent les roses, et silencieux luit
Le monde doré ; ô là-bas emmenez-moi,
Nuages pourpres ! et puissent là-haut

Dans la lumière et l'air fondre mon amour et mon deuil !
Mais, comme chassée par la folle prière,
Fuit la magie. La nuit tombera, et seul,
Sous le ciel, comme toujours, je demeure.

Ô jeunesse, enfin tu t'éteins... La troisième strophe appelle le sommeil et dit adieu à cette jeunesse pendant laquelle, infatigable et chimérique, le cœur a trop demandé. D'où le dernier vers : *Paisible et serein est à présent mon âge*, qu'on peut légèrement infléchir vers un futur proche en disant alors, soit, *Paisible et serein est alors mon âge.*

Faisons une pause, implore Marianne. La nuit ne tombera plus, elle est déjà tombée. Avant la troisième strophe, je descends me chercher un whisky, et toi, que veux-tu, une petite vodka ? Au retour, elle dit que tout semble endormi dans la maison. Abandonnant le poème, elles passent sur la terrasse, chacune son verre à la main, et la fille interroge sa mère sur le moment où la jeunesse l'a quittée. À la mort de ton grand-père, répond-elle sans hésiter, quand nous avons hérité. Il ne s'est ensuivi ni paix ni sérénité, au contraire. Après la vente de sa clinique nous étions riches, mais comme il n'était pas question pour ton père de se détourner de ses travaux, c'est moi qui ai dû affronter la banque. Actions, obligations, assurances-vie, je comprenais si peu que je notais dans un carnet tout ce qui sortait de la bouche de la banque comme si c'était la bouche de la Vérité ! En relisant, je ne comprenais plus ce que j'avais cru comprendre. Et toi ?

Ah non ! Un non si véhément que Madelou éclate de rire et récite la tirade de *Cyrano* qu'elle lui faisait répéter autrefois pour une représentation au lycée : « Ah non ! C'est un peu court, jeune homme, On pouvait dire… Oh ! Dieu !… bien des choses en somme. En variant le ton, par exemple, tenez… »

Elles en tombent d'accord : la jeunesse a la vie dure, elle revient. Du coup Marianne bêtement fredonne « Ça s'en va et ça revient »… Pitié !

s'exclame sa mère, pas cette chanson idiote que tu écoutes dans ta chambre. L'autre de protester qu'elle ne l'écoute pas par plaisir mais par devoir, pour son roman, et finit par répondre : la jeunesse m'a quittée après mon divorce. Et puis une deuxième fois, une troisième fois… comme si elle se retirait à chaque séparation.

— Tu n'as pas toujours été quittée, Marianita, tu as quitté parfois.

— C'est presque la même chose. Abandonner est aussi dur qu'être abandonnée. Regarde Rose : elle divorce pour un homme qu'elle commence à désaimer tant le chagrin qu'elle cause à son mari la meurtrit et la culpabilise. Mais que diable nous avez-vous fait pour que nous nous sentions toujours coupables ? Maman, Maman, pardon je m'égare. Revenons à ton Hölderlin. Il n'est terriblement seul qu'à cause de lui-même, de sa vision, sa destinée.

Terrible destinée quand on songe qu'il a vécu presque quarante ans après avoir perdu l'esprit ! Madeleine imagine sa vie auprès du menuisier qui l'a recueilli toutes ces années dans sa maison au bord du Neckar, elle chérit ce menuisier. Elle tente d'approcher la tremblante frontière entre un fils d'Apollon et un fou. Elle le voit marcher, en plein hiver, de chez sa mère en Allemagne jusqu'à Bordeaux, pour prendre une place de précepteur, et revenir quatre semaines après. Elle aimerait entendre Schubert, *Le Voyage d'hiver.*

Nerval aussi a beaucoup marché, dit pensivement Marianne comme si elle avait suivi en silence d'autres routes. À l'époque, contre leurs graves troubles mentaux il n'y avait d'autres recours que les bains froids et la marche. Aujourd'hui peut-être que celui qui dort dans la chambre à côté les aurait guéris…

— Savez-vous, cher Octave, que votre Raymond Roussel était un grand malade ? Mon maître Pierre Janet l'a soigné et a relaté son cas dans un ouvrage aujourd'hui classique qui s'intitule *De l'angoisse à l'extase.* Sans citer son vrai nom, bien sûr, comme c'est l'usage. Il étudie assez longuement ce qu'il nomme le « cas Martial », prénom choisi je crois en fonction d'un personnage…

— Martial Canterel, un des personnages de *Locus Solus.*

— Ah ! J'avoue n'avoir jamais rien lu de votre écrivain. Martial, donc, est un jeune homme de dix-neuf ans, qui présente pendant plusieurs mois, pendant qu'il écrit son premier livre…

— *La Doublure.*

— *La Doublure…* titre prémonitoire pour un jeune homme à l'état mental délirant ! Il s'imagine l'égal de Dante, de Shakespeare, il éprouve un sentiment de gloire universelle, il va jusqu'à fermer les rideaux de sa chambre pour ne pas laisser passer au-dehors les rayons lumineux qui sortent de sa plume. Bref, un emballement hypomaniaque. Martial travaille jour et nuit sans éprouver de fatigue, reste des heures assis, peine à s'alimenter, tout absorbé qu'il est dans le sentiment de sa gloire. Il parle d'elle comme les mystiques de Dieu, c'est ce qui intéresse Janet, qui souligne par ailleurs que le jeune homme était timide, modeste, facilement déprimé. À l'état d'élation…

— Plaît-il ?

— D'exaltation si vous voulez, d'autosatisfaction narcissique, succédèrent, après l'échec du livre, une dépression et un délire de persécution. Janet a suivi longtemps celui qu'il qualifiait de pauvre petit malade, puisqu'il remarque qu'à l'âge de cinquante ans Martial conservait de sa crise de lumière la conviction, due à la persistance du souvenir, qu'il avait la gloire.

— Gloire qui ne l'a pas empêché, quelques années plus tard, de se suicider à Palerme.

— Ah ! J'ignorais ce destin tragique, conclut Paul en se levant de table.

Passablement énervé contre ceux qui qualifient Roussel de pauvre petit malade, Octave n'est pas mécontent d'avoir eu le dernier mot.

Bains de soleil sur la terrasse, lectures à l'ombre, balades dans la propriété, les après-midi on flâne. Sauf Paul qui, après la sieste, se remet au travail une couple d'heures. Comme ni Albert à cause de ses jambes qui le font souffrir, ni Octave que la monotonie du paysage ennuie ne sont amateurs de promenades, les couples se défont. Où donc est passée Madame ? demande Octave. Elle se promène avec Philibert, répond Albert qui ne manque pas d'ajouter : Entre collègues, on a tant de choses à se dire…

Philibert n'est ni jeune, ni beau, ni svelte, alors pourquoi fait-il penser à un hussard noir de la République ? Ce n'est même pas sa République puisqu'il est né sous la Quatrième. Il n'est pas non plus viscéralement laïc puisqu'il ne cache pas qu'il va de temps à autre, avec sa mère, assister au culte à l'Église protestante de Saint-Omer, à quelques kilomètres de la commune où ils habitent et où il enseigne. Il écoute même le dimanche sur France Culture une nouvelle émission, « Service protestant ». Alors pourquoi l'apparenter à un de ces hussards de la sévérité célébrés par Péguy ? Par amour pour Péguy ? Mais non, vous n'y êtes pas, Marianne a simplement découvert au cours de leurs promenades la vocation de Philibert. Elle aurait été bien incapable d'exercer ce métier. Il aime les enfants, pas elle. Il n'en a pas, elle non plus, mais lui a conscience d'avoir une mission auprès d'eux, alors qu'elle se satisfait d'enseigner à des jeunes gens des civilisations disparues et des écrivains oubliés. Lui prépare les petits au monde dans lequel ils vivront, il ne leur enseigne pas seulement à lire, écrire, compter. Pour commencer la semaine il leur fait chanter *La Marseillaise*, et grâce à « J'ai du bon tabac dans ma tabatière / J'ai du bon tabac tu n'en auras pas », dont il a tiré une petite leçon de morale, il a vu le fils de l'épicier partager son goûter avec celui qui n'en avait pas. À la sortie, il ne ferme pas l'école. Il connaît les horaires des parents qui reviennent tard des champs ou de l'usine et garde les enfants, qui révisent, recopient, apprennent des fables ou des chansons. Il lui est arrivé de faire du porte-à-porte pour convaincre un père ou une mère de ne plus sévir quand les notes sont en rouge. Ce pourquoi d'ailleurs il a fini par inverser les couleurs : en rouge les bonnes, en bleu les mauvaises, ça se voit moins. Les progrès du cancre sont sa gloire. Philibert est intarissable sur sa vie de maître d'école – titre qu'il préfère à celui d'instituteur. En voilà un qui refuserait net qu'on l'appelle « professeur des écoles » !

Au cours de leur promenade du côté de Narthos, la ferme où habite Briédis, un petit garçon en culottes courtes a déguerpi à leur approche. Hé ho Hé ho, a crié Philibert, ne t'enfuis pas comme un lièvre, j'ai quelque chose pour toi ! Un pin a bougé. Je suis sûr que tu te caches derrière un pin ! Viens, j'ai un cadeau... L'enfant s'est détaché du pin. Comment t'appelles-tu ? Daisis. Ah le beau prénom ! Ne serait-ce pas par hasard un prénom letton ? L'enfant le fixe émerveillé. Le devin tire de sa poche un carambar au caramel, demande s'il va à l'école, le félicite d'être en dixième, l'interroge sur ce qu'il a appris cette année, retrouve dans la forêt son rôle avec une telle aisance qu'il suscite l'admiration.

Dans le vaisselier basque de la cuisine il y a une collection d'assiettes anciennes en faïence qui reproduisent gaiement des assiettes du XVIIIe siècle, Nicolas Cheval et Pierre le Coq, ou des enseignes révolutionnaires, Aux mânes de Mirabeau, Ah ça ira… Et dans un tiroir, un gros répertoire cartonné intitulé « Recettes de cuisine » classé selon les plats : entrées, poissons, rôtis, gibier, volailles, entremets, etc. Madeleine y a recopié nombre de recettes en indiquant chaque fois la provenance. Piperade à la Firmin, coquilles Saint-Jacques (Adrienne), crabe au riz (Maman), crème glacée (Maman), sa mère les a d'ailleurs souvent recopiées elle-même et Albert découvre qu'elle est excellente cuisinière, bien qu'il ait un peu de mal à déchiffrer son écriture. Dans ce répertoire qui réunit plusieurs générations il lui arrive de trouver des plats inconnus – le colin à la Hurie, par exemple – mais ce qui l'a vraiment étonné c'est la cuisson d'une bécasse ou d'une palombe (Nénette) à l'aide d'un capucin. Il croyait être seul à connaître ce vieil ustensile de cuisine en fonte, composé d'une longue tige terminée par un entonnoir percé à la pointe, qui sert à fondre le lard sur des pièces de viandes ou de gibier. Ayant demandé à Madame s'il pouvait ajouter quelques recettes, il a recopié, entre autres, celle du sauté de veau, du soufflé au fromage et du soufflé à l'orange.

« J'aurais dû suivre l'idée de mon filleul qui voulait prendre sa voiture pour venir ici. Ici, sans voiture, on se sent un peu prisonniers. » Cette petite phrase d'Albert trotte dans la tête d'Octave. En vain il a proposé son Austin à Philibert, essuyant le même refus que Madeleine avec Claudio pour le téléphone. Alors, à l'approche du 15 août, il se dit qu'une sortie de prison serait la bienvenue. Marianne, aussitôt d'accord, suggère la corrida du 15 août à Bayonne, aux arènes Lachepaillet, ou bien la partie de rebot à Hasparren qui ouvre la Grande Semaine des sports basques. Proposition faite en cuisine, réponse claire : Pas question d'aller voir « massacrer des taureaux » ! L'aficionada retient de justesse un cours sur la tauromachie – origine, histoire, esthétique ou éthique, bref, l'art de toréer ! Quant à la question « Qu'est-ce que le rebot ? », eh bien c'est une partie de pelote en plein air, sur un fronton place libre, entre deux camps de cinq joueurs. Une raie tracée au sol délimite deux espaces inégaux dans une très grande aire de jeu, au moins cent mètres, le second camp faisant tout son possible pour déloger le camp adverse du fronton. Quant aux règles, Marianne les connaît beaucoup moins bien que celles de la tauromachie !

Son père, appelé à la rescousse, a beau s'être essayé, enfant, à la pelote, il n'a jamais assisté à une partie de rebot. Mais ayant achevé le premier chapitre d'*Avant mémoire*, intitulé « La Raquette d'or », il peut dire qu'il existe une grande différence entre la longue paume qui se joue en plein air et la courte paume qui se joue entre les murs. La longue paume est un jeu très ancien dont le rebot est la réplique, du vieux verbe français *reboter*, disons « repousser », mais ça se discute, entre un fronton ou mur de rebot, de rebond, et un mur à l'autre extrémité qui arrête la pelote. Le premier ancêtre que j'ai pu retrouver dans ma lignée maternelle, ajoute-t-il, était paumier, fabricant d'esteufs, mot qui désignait la petite balle dure que l'on renvoie avec un gant de cuir ou une raquette. Cet ancêtre a ouvert à Paris, rue de la Harpe, un jeu de courte paume qui s'appelait La Raquette d'or. Merci Papa, c'était très éclairant !

Pas question en tout cas de quitter son bureau pour une partie de pelote. Les fils du Nord, eux, sont ravis de la perspective. Claudio, par délicatesse, se tait : il n'y a pas de place pour lui dans l'Austin Princess à quatre places de Monsieur Octave. Heureusement Madeleine est tentée. La célébration du 15 août aurait pu la faire hésiter si, au dogme catholique de l'Assomption qui transporte Marie de la terre au ciel, elle n'avait depuis toujours préféré la tradition orthodoxe de la Dormition de la Vierge, selon laquelle Marie s'endort paisiblement et attend, comme tout un chacun, la Résurrection. Madeleine se décide, puisqu'elle y va Nénette aussi, Claudio trouve donc sa place, tout s'organise. Nénette sera vers 8 heures à Miradour, le temps d'un café, puis on partira à deux voitures – l'Austin suivant la Citroën. Hasparren n'est pas la porte à côté et la partie commence à 10 h 30. Paul, sur le perron, agite la main. En passant par la salle à manger, il aperçoit son couvert tout seul disposé sur la table, entouré de plats froids, il regrette de n'être pas parti.

Par la longue rue Francis-Jammes, qui passe devant la demeure du poète, les deux voitures arrivent au parking le plus proche de plaza Berria. Il est à peine 10 heures et tant mieux car, à l'ombre des platanes, les bancs sont déjà bien remplis. Il n'y a déjà plus huit places d'affilée – Albert et Philibert occupant à eux deux trois places. « La troupe », comme dit Nénette, s'installe au troisième rang, derrière les femmes. Claudio se retrouve assis à côté d'un vieil Haspandard qui lui adresse la parole en langue inconnue. Surpris, Claudio lui parle italien. Tout s'arrange en français. Le vieux entreprend de dégourdir ces étrangers qui ignorent tout du jeu ancestral. La partie se joue en treize jeux, messieurs, on compte les points comme au tennis, quinze, trente, quarante et jeu – *jokoa*. Le tennis, vous connaissez, n'est qu'un arrière-petit-fils du rebot ! Il leur désigne le paso qui sépare les camps, le butoir au milieu pour le service, le barne au pied du fronton, rectangle cimenté où la pelote lancée de très loin doit atterrir pour marquer le point, puis tout soudain s'arrête pour acclamer les pelotaris et les juges qui arrivent. Vous avez là, tout en blanc, avec une ceinture rouge, la fameuse équipe d'Hasparren, la Noizbait !

Aphesteguy, Poulou, Etchevers, Bidegorry et Detchart affrontent la Zaharrar Segi de Saint-Étienne-de-Baigorri. Tirage au sort en faveur de Baigorri. Pour compenser le handicap, l'avantage du service est au buteur de la Noizbait, qui fait rebondir à main nue la pelote sur le butoir, vise l'angle où le mur de rebot et le sol se rejoignent, et, coup de maître, fait pik ! La balle, faiblement renvoyée par le chistera d'un joueur quasiment couché au sol, était irrattrapable ! Cris de joie. Et voilà la partie commencée. Sans y comprendre grand-chose, à l'exception de Claudio qui a vite saisi les calculs dont la pelote fait l'objet, nos amis sont fascinés. Par la voix magnifique qui chante en psalmodiant les points :

Quinze bota
Trenta bota quinze refera

jusqu'à *jokoa*, jeu – sans besoin d'un haut-parleur pour se faire entendre d'un bout à l'autre du fronton. Par l'*arraya* qui chasse l'équipe au mur, quand les juges descendent à l'endroit où la faute a été commise et discutent sous leurs bérets noirs. Par la puissance, l'agilité, la rapidité physique et mentale des joueurs – l'imprévisible rebond calculé de façon si exacte que le pelotari se précipite à l'endroit où la pelote va descendre alors qu'on a l'impression qu'il n'a pas bougé puisqu'il l'attend, d'aussi loin qu'elle vienne, aussi haut soit son parcours, aussi follement rapide puisqu'elle peut atteindre 200 km/h, elle est attendue et reçue dans le petit berceau du chistera. C'est Gantxiki de Saint-Pée-sur-Nivelle qui, au XIXe siècle, inventa le gant d'osier qui permet de relancer la pelote avec plus de force.

Quand les premiers coups de midi sonnent au clocher de l'église Saint-Jean-Baptiste, les spectateurs par centaines se lèvent comme un seul homme. Les joueurs s'immobilisent, ceux qui portent un béret l'ôtent. Le voisin de Claudio, béret à la main, lui donne un coup de coude : Lève-toi, c'est l'angélus. L'angélus passé, le jeu reprend. Les parties de rebot qui se jouent traditionnellement le matin à 10 h 30 n'atteignent pas toujours l'angélus. Seule une belle partie l'attend, l'honore et le dépasse.

Octave a proposé au vieil Haspandard de les conduire à un bon restaurant et de partager leur repas. Rillettes d'oie, poulet basquaise, gâteau basque aux cerises, vin d'Irouléguy. Un vrai repas de fête. Octave, royal, régale.

Contrairement à ce qu'on pourrait imaginer, Nénette ne craint pas l'eau, l'eau douce, depuis que le premier et dernier homme de sa vie lui a appris à ramer sur les étangs. À son tour, elle propose une « sortie », une promenade en barque sur l'Adour, mais seulement à quatre car elle ne présume pas de ses forces. On s'amuse à tirer au sort entre Marianne et Octave, Claudio et Philibert (Albert ayant horreur de l'eau). Un copain pêcheur de Port-de-Lanne a prêté sa barque et, au beau milieu de l'après-midi, les quatre embarquent, gais comme des pinsons. Nénette en jupe comme d'habitude, Madeleine en pantalon pour une fois, Octave en jean, Philibert en tenue d'excursion, jumelles autour du cou, bermuda ocre et spartiates. Tout est lisse, le ciel, le fleuve, pas un souffle de vent. Entre le bleu du ciel et celui de l'eau la barque glisse en silence, perlée de rires et de propos badins. Madeleine seule est ailleurs. Assise en face de

Nénette, elle la voit et ne la voit pas, fixe un point du rivage dont ils s'éloignent. Soudain elle pousse un petit gloussement, entre rire et sanglot. Nénette s'arrête de ramer, les hommes se demandent pourquoi. Madeleine a sorti un petit mouchoir qu'elle mordille et dit que cette promenade lui en rappelle une autre dont elle n'était pas et qui lui a causé une belle frayeur. On n'y comprend rien. Soyez gentille, racontez-nous… Non, murmure Madelou, c'est une vieille histoire qui n'est pas drôle. Philibert, pouvez-vous me prêter un instant vos jumelles? Une alouette tombe du ciel en chantant.

La vieille histoire qu'elle ne veut pas raconter s'est passée l'été où Gide était venu avec son gendre Jean Lambert passer une semaine à Miradour. La campagne l'attristait et ses hôtes s'étaient évertués à trouver des distractions. C'est ainsi qu'ils étaient allés rendre visite à la veuve de Francis Jammes, à Hasparren, au peintre José de la Peña, grand amateur de sorcellerie et de taureaux, à Bayonne, et comme une salle de patronage au bord de l'Adour projetait cette semaine-là *Les Deux Orphelines* de Maurice Tourneur, que Gide aimait les mélos et « larmer » au cinéma, elle l'y avait conduit. Après le film, ayant elle-même rendez-vous avec un artisan dont l'atelier se trouvait à côté, elle avait prévu pour son hôte une promenade sur le fleuve. Quand Gide découvrit le batelier qui allait l'embarquer, un jeune garçon en short à la peau hâlée, aux yeux noirs, aux cheveux en broussaille, il baisa les mains de Madelou en prononçant cette phrase restée fameuse dans la famille : Chère, vous êtes merveilleuse, vous pensez à tout !

Dans toutes les familles, il est de petites phrases qui reviennent lorsqu'on les attend le moins, petits sésames ouvrant les portes du passé. Telle était dans cette famille le « vous êtes merveilleuse, vous pensez à tout ! », et le joyeux « Sursum corda ! » de Berthe pour se donner du courage, et un alexandrin moquant les affres de Chimène, « Il est joli garçon l'assassin de Papa », que Paul se faisait un plaisir de citer quand ses filles louaient le physique d'un galant, jouant au père menacé et déjà sacrifié ! La plus banale de ces phrases, la plus aimée sans doute, ouvrait sur les visages un sourire complice, c'était : « La vie est pleine de choses étranges. » Car elle venait d'un livre qui avait beaucoup compté pour Paul dans sa jeunesse, qu'il avait fait lire à sa femme dès leurs fiançailles, à ses filles dès leur adolescence, et elles connaissaient le passage dont elle était extraite : « Je me revois couché dans mon petit lit-cage, ne dormant pas mais, je ne sais comment, pressentant confusément qu'ainsi serait la vie :

pleine de choses étranges, à l'intention d'un seul et qui ne se laissent pas dire. » Ce livre, les *Cahiers de Malte Laurids Brigge*, avait aidé Paul à surmonter ses peurs d'enfant, à affronter la grande ville et ses hôpitaux, à écrire son premier roman, *La Cité grise.*

Un des bienfaits des grands poètes est de dire à l'intention d'un seul. D'introduire l'étrangeté dans ce qui est proche, de rendre proche ce qui est étranger. Ce qu'a fait Rilke pour Paul avec l'hôpital de la Salpêtrière, Hölderlin l'a fait pour Madeleine avec l'orage. Avant, elle éprouvait une grande frayeur des orages, si fréquents dans le Sud-Ouest après le 15 août, menaçant les vignes et les maïs. Or elle ne craint plus la foudre et les éclairs depuis qu'elle a lu une lettre à Böhlendorff, avant le départ à Bordeaux, où Hölderlin évoque l'été où le Père, le Saint, l'Antique, d'une main sereine secoue des nuages rougeoyants *la bénédiction des éclairs.* « Car, parmi tout ce que je puis voir de Dieu, écrit-il, c'est ce signe qui est devenu de tous mon préféré. » De retour en Allemagne, au même ami, il écrit que la nature de son pays l'a saisi, qu'il l'étudie, comme il étudie l'orage parmi les autres formes du ciel, et la lumière dans son ouvrage, sa force quand elle apparaît et qu'elle s'en va. « Que tous les lieux saints de la terre soient ensemble en un lieu, et la lumière philosophique à ma fenêtre, voilà ce qui fait à présent ma joie. »

Cette « joie » précède de peu la terrible conflagration de son esprit. Madeleine ne l'oublie pas quand elle attend à sa fenêtre, ou sur la terrasse, la bénédiction des éclairs. Elle recommande alors au Père, au Saint, à l'Antique, un autre poète, celui des lettres que lui remet Nénette. Elle le recommande parce qu'il a orgueilleusement écrit : « L'éclair me dure », et que cette durée l'effraye comme un présage. Au rythme des éclairs tonnent en son cœur les noms aimés.

Le scénario avance. Octave travaille maintenant plan après plan, plus précisément sur le rituel du chauffeur qui descend de voiture pour ouvrir la portière à Raymond Roussel, de plus en plus affaibli. Le chauffeur l'aide à sortir, et le conduit jusqu'au perron du Grand Hôtel Et Des Palmes où le valet Orlando prend le relais. Pour l'ultime montée de l'escalier jusqu'à la chambre 224, Octave choisit ces vers dans *La Vue*:

Un homme ennuyé semble las de
L'existence (...)
Sous l'empire de son tempérament morose
Il ne pourra jamais voir les choses en rose,
Mais il ne prétend pas davantage les voir
Avec conviction précisément en noir;
Il estime plutôt que tout est monotone
Et que c'est vainement qu'on cherche et qu'on tâtonne.

Le scénario avance vers la mort au second étage, au premier, le roman se hâte vers une fin heureuse. Marianne cherche encore et tâtonne quant à la dernière phrase qui devrait répondre, idéalement, à la première. Elle hésite entre une phrase courtoise et une phrase triviale.

Il est convenu qu'Albert repartira avec son filleul le 25 août pour quelques jours de vraies vacances dans le Nord, avant de célébrer l'anniversaire de la mère de Phil qui va accomplir quatre-vingt-cinq ans. Mais il accepte de retarder le départ de deux jours pour accueillir, comme il se doit, « le cousin préféré de Monsieur le professeur ». Le cousin Charles, comme tous les étés, passe une quinzaine de jours à l'abbaye de Belloc et propose de venir le 26. Ne sachant pas conduire, il dépend de celui ou celle qui, allant à Pau, accepte de faire un détour par Sainte-Marie-de-Gosse, à charge pour Madelou de le ramener à Urt, ce qu'elle fait bien volontiers.

Ils étaient trois cousins qui passaient les grandes vacances ensemble, dans une ancienne abbaye appartenant à leur grand-mère. Influencés par le lieu et la piété de leurs mères, ils avaient fait serment d'entrer dans les ordres.

Paul fut le seul à déroger ! Charles avait exactement le même âge que lui. Humble et doux, il aurait bien épousé sœur Pauvreté en entrant chez les Franciscains, mais il avait suivi son aîné. Lequel, après une première carrière d'avocat et un chagrin d'amour, ne voulant pas abandonner l'éloquence, se tourna vers l'ordre des frères prêcheurs, soit les Dominicains.

Frère Charles est depuis nombre d'années aumônier des prisons de Marseille. Il ne « monte » à Paris que dans l'urgence : la peine de mort. Quand il va plaider la clémence du président de la République, il demande à Paul l'hospitalité, et de payer son billet de train. Chaque fois, Paul lui fait les mêmes recommandations : ne pas parler en religieux, au nom des commandements de Dieu, parler en homme, au nom de la justice humaine qu'incarne la République. As-tu compris, Charles, oui ou pas ?

Vous verrez, annonce Madeleine, c'est un être merveilleux. De prime abord déçu de se retrouver face à un petit homme maigrichon qui flotte dans son habit blanc et dont une méchante urticaire rougit le visage, Octave est tôt conquis par sa joie. Frère Charles s'ébroue dans le salon comme un oiseau dans une flaque d'eau claire, tourne la tête de tous les côtés, aussi heureux de se retrouver « en famille » que de reconnaître la vieille commode où l'on rangeait les boules, les maillets et les arceaux du croquet, aux murs les tableaux de Marie Réol, sur la table à manger la nappe blanche et les serviettes brodées du 15 août qu'on célébrait chez l'oncle Jules. Oh pauvre sœur Capucine ! s'exclame-t-il, en voyant le vieux teckel s'efforcer de lui faire fête, on godille du train arrière ? Ça ne présage rien de bon. A-t-elle encore, au moins, conservé son appétit ? La réponse hélas est non, mais il faut passer à table car le soufflé au fromage de maître Albert n'attend pas.

Paul, assis le premier, se voit faire les gros yeux. Et le *Benedicite* ? Il se relève d'un bond, rajeuni d'un demi-siècle. L'ami de Marianne, lui, semble tomber des nues. Alors, l'air de rien, frère Charles enfile dans le chapelet de ses questions sur les uns et les autres : Et vous, cher Monsieur, où avez-vous passé votre enfance ? Contre toute attente, Octave, d'habitude si discret, délivre un récit qu'il n'avait réservé à ce jour qu'à Marianne.

Pendant l'Occupation allemande, réfugié avec sa mère et ses sœurs en zone libre, du côté de Montauban, dans une ferme. Un ami de son père, le père Chalumeau, lazariste attaché à l'évêché de Montauban et qui sillonnait la région, les visitait régulièrement. Pour déjouer les soupçons, il demandait son chemin aux paysans des alentours : Où se trouve la ferme de Saint-Martial où sont en vacances de petits Parisiens que je dois confesser ? Pieux mensonge. Il s'entendait parfois répondre avec brusquerie : Vos petits gars, ils ne peuvent pas se confesser directement au bon Dieu comme on fait par chez nous ? En fait, le père Chalumeau enseignait l'hébreu au jeune Octave, qui approchait l'âge de la bar-mitsvah. Grâce à lui, à la Libération, il fut l'un des premiers à pouvoir célébrer sa bar-mitsvah. C'est quoi ? demande Paul. Enfin Paul, le passage à l'âge adulte, explique Charles, l'équivalent de notre communion solennelle ! Sans rectifier, Octave raconte avoir entendu à la forge du village, qui le fascinait par ses éclairs, un paysan se plaindre que sa fille fréquente un catholique, et le maréchal-ferrant lui répondre vivement : T'as qu'à l'enfermer. Tu vois, mon vieux, si ma fille elle épouse un juif, j'suis pas content, mais si elle épouse un catholique, j'l'étrangle de mes mains ! Charles éclate de rire. Ah qu'elles sont durables nos guerres de religion et ce n'est pas notre cher Paul VI qui y mettra fin ! Mais bon, grâce aux femmes, notre famille est à la pointe de l'œcuménisme, qui viendra, qui viendra un jour que je verrai ou ne verrai pas. Grâce au beau-frère de Madelou, nous avions déjà un protestant, grâce à Marianne un juif. Les choses avancent. Alleluia !

Octave et Marianne ont ramené Charles à l'abbaye de Belloc. En route, il leur conseille de visiter la synagogue de Bayonne, rue Maubec, de rite portugais, précise-t-il, car ce sont des juifs expulsés du Portugal qui constituèrent à Bayonne une importante communauté. Ils cherchaient un port pour continuer le commerce du chocolat avec l'Amérique. Avant l'édification de la synagogue, au milieu du XIXe siècle, ils ne disposaient que de petits lieux de culte aménagés dans des appartements, tous dans le quartier Saint-Esprit… Bien nommé, non ? Charles, prompt à rire comme un enfant, mis en gaieté par le Saint-Esprit, raconte les farandoles de la fête de la Pamperruque, donnée par la nation juive et ses syndics place du Saint-Esprit… à l'occasion de la naissance du fils aîné de Louis XVI et de Marie-Antoinette ! À mesure qu'on se rapproche de Belloc prévaut l'histoire de l'abbaye. N'ayant rien oublié du récit d'Octave, Charles insiste sur sa vocation d'accueil et de refuge. Pour avoir accueilli les indésirables entre 39 et 45, le père abbé et le prieur furent déportés. Aujourd'hui les indésirables de l'indépendance basque, soutenus par pas mal de curés, y trouvent refuge, et la liturgie se renouvelle en langue basque. La langue du Diable ! s'exclame-t-il.

Figurez-vous que le Diable était tombé amoureux d'une belle fille de Bidarray. Il lui promit comme d'habitude monts et merveilles, mais elle, en bonne Basque, méfiante et nationaliste, déclara qu'elle serait sienne dès qu'il parlerait sa langue. Rendez-vous fut pris l'année suivante sur le pont traversant la Nive. En un an, il n'avait appris que deux mots, oui, *bai*, et non, *ez*, mais il les confondait. C'est le propre du Malin. Elle lui demanda en basque : Veux-tu toujours m'épouser ? Il répondit : *Ez, ez.* Vas-tu enfin me laisser tranquille ? Il répondit : *Bai, bai.* Alors elle s'en alla tranquille, et le Diable désespéré se jeta du pont, qui depuis se nomme le pont d'Enfer, à Bidarray.

Charles confie combien la halte spirituelle qu'il fait à Notre-Dame de Belloc chaque été le réanime, lui qui en tant qu'aumônier des prisons fréquente des âmes dont la langue lui est inconnue. Il aimerait faire visiter l'abbaye, mais elle est immense et il est tard. Sur son insistance, Octave et Marianne s'arrêtent un instant pour acheter le fameux fromage de brebis que fabriquent les moines (le fromage préféré de son cousin !) avant de le déposer un peu plus loin, au monastère de Sainte-Scholastique, devant le bâtiment des sœurs qui l'hébergent.

De toute ta brillante famille, dit Octave, c'est lui que je préfère. Et j'irais bien le retrouver un été à Belloc... Quel homme imprévisible, cet Octave !

Une fois de retour là-haut, scène de jalousie. Un télégramme pour Marianne a été téléphoné, le facteur le délivrera demain avec le courrier. Texte : « Yeux bruns tout à toi. » Non signé. Qui est-ce ? demande Octave d'un ton sec. Je n'en ai aucune idée. Tu m'étonnes, si ce monsieur connaît ton adresse dans les Landes, s'il sait que tu es là en août, il ne peut s'agir que d'un proche, d'un très proche. Comme cette femme s'obstine à répéter qu'elle ne sait pas, ouvrant les bras en signe de dénégation, il s'énerve. Enfin qui, de ton « premier cercle », comme tu dis si élégamment, a les yeux bruns et l'inélégance de ne pas signer, comme si tu allais aussitôt l'identifier ? Elle s'énerve à son tour, lui déclare que son seul rival n'a pas les yeux bruns mais des yeux couleur noisette. La scène se poursuit, sans nous, car elle est longue et tout un chacun peut s'en faire une idée. Jusqu'à ce que le bon sens de Madeleine, alertée par la montée des sons, y mette fin : il suffit d'attendre demain et vous aurez la réponse. Un télégramme porte son lieu d'origine, et le lieu, sans doute, délivrera le nom.

Cette nuit-là, chambre à part.

Le grand tapis du monde a perdu ses motifs, l'herbe, les cailloux, la terre, les aiguilles de pin, le sable. Capucine ne sent plus rien. Les petits coussins de ses pattes sont comme endormis. Plus question de Mer sauvage ou de promenade en forêt, même dans la maison elle peine à suivre sa maîtresse. Les marches de l'escalier lui paraissent à descendre un gouffre, à grimper des pics. Elle renifle la pâtée que lui a préparée Albert sans la goûter. Sa petite langue rose, pâlie, hésite à laper l'eau de son bol. Un voile est tombé sur ses yeux noirs dont Madeleine nettoie matin et soir la chassie. Dans la salle de bains elle ne reconnaît plus le papier journal où faire ses besoins… mais elle n'a quasiment plus de besoins. Nénette a pris rendez-vous avec le vétérinaire de Saint-Vincent-de-Tyrosse qui a toute sa confiance. Demain, à la première heure, elle viendra les chercher.

Les sentiments ne sont plus à l'unisson. À l'inquiétude de Madeleine correspond le soulagement d'Octave. Le télégramme remis par le facteur porte en effet le nom du lieu où il a été émis : Sanary-sur-Mer. Mais c'est Pierrette ! s'est exclamée joyeusement Marianne. Octave baisse la tête, soulagé mais confus. Sanary-sur-Mer, mauvais souvenir de leur premier été ! Il avait mis son amour en péril, il avait agi comme un fou. Fièrement décidé de la conduire en Riva chez son amie d'enfance depuis Saint-Tropez, il l'avait embarquée sans consulter la météo. Informé d'un avis de coup de vent de force 8 à 9, aurait-il renoncé ? Pas certain. Son bateau chahuté par les vagues, son visage aveuglé par des trombes d'eau, il se maudissait quand Marianne se jeta à l'eau pour nager jusqu'à la plage la plus proche et prévenir les secours. Il avait, ce jour-là, essuyé la plus verte semonce de sa vie du capitaine du port, indigné par l'inconscience des « vacanciers ».

Tout ça revenu en coup de vent ! De mauvaise foi, Octave murmure : Quand même, elle aurait pu signer.

Albert est venu retirer pour la dernière fois le plateau du petit déjeuner : il part aujourd'hui. Paul est plongé dans un plan détaillé des Ve et IVe arrondissements de Paris. C'est la dernière fois, dit Albert, puis-je poser une question à Monsieur le professeur et lui voler un instant ? J'ai tout mon temps, cher Albert, ah vous allez me manquer ! D'une main aux doigts déformés par l'arthrose mais aux ongles impeccablement soignés, Albert désigne sur le plan, du côté de la tour Saint-Jacques, une petite rue, et commence le plus long propos à la première personne qu'il ait tenu dans ce bureau.

J'allais au Bazar de l'Hôtel de Ville, j'étais descendu à la station Châtelet pour ne pas avoir à changer car je n'ai jamais aimé les changements, quand j'ai pris pour la première fois cette rue. J'ai lu son nom sur la plaque : rue Pernelle. Dessous ce vieux prénom, que portait ma grand-tante, se trouvait la mention « épouse du libraire-écrivain Nicolas Flamel, XIVe siècle ». Vous pouvez vérifier sur le plan, cette rue recoupe la rue Nicolas-Flamel, désigné cette fois comme « écrivain et alchimiste », non comme époux de ladite Pernelle ! De mon côté, j'habite le XIe arrondissement de Paris, rue Léon-Frot, j'ai remarqué un passage appelé « Passage Gustave-Le-Peu, fils du propriétaire », suivi un peu plus bas de la rue Émile-Le-Peu « propriétaire », le père sans doute. Et voici la question qui me turlupine : de quel droit les édiles accordent-ils une rue à une épouse, un fils, ou un ancien propriétaire qui ne s'est donné que la peine de naître ? Monsieur le professeur aurait-il une réponse ? Paul, désarçonné, balance la tête, ouvre les bras en signe d'ignorance, avoue qu'il ne s'est jamais posé la question. Pas mécontent, Albert sort de sa poche un petit papier sur lequel, de sa belle écriture ronde, il a écrit son nom entier (et dessous celui de Philibert), l'adresse et le numéro de téléphone. En tout cas, avec ou sans réponse, que Monsieur le professeur sache qu'il sera toujours le bienvenu rue Léon-Frot ainsi que Madame son épouse. Je leur préparerai une de ces choucroutes au champagne dont j'ai le secret, et pour dessert ces profiteroles au chocolat qu'il m'a fait l'honneur de juger uniques. Tel fut le congé d'Albert. Et Paul, ému, l'embrassa.

Ce jour où dans la matinée le télégramme a été élucidé, où en début d'après-midi Octave conduit à la gare de Dax Albert et Philibert, est, ne l'oublions pas, la veille du rendez-vous avec le vétérinaire de Saint-Vincent-de-Tyrosse. Pendant le dîner (pâtes à la carbonara de Claudio), Marianne tente de détourner sa mère de ses tristes pensées et lui demande de raconter l'histoire du plus beau télégramme de sa vie. Madeleine se fait prier. Visiblement, elle n'a pas le cœur à ça… et puis elle se lance. Contre toute attente, ce n'est pas le télégramme que Paul, il y a près d'un demi-siècle, lui a envoyé chez ses parents, à Saint-Quentin, pour demander pardon et dire qu'il l'aimait, non, le plus beau télégramme est bien plus ancien, il date de la guerre 14-18 ! Elle-même ne s'en souvient pas, elle était trop petite, c'est sa mère qui l'a raconté tant de fois que le souvenir est devenu sien.

Quand mon père a été appelé au front en tant que médecin militaire, il a fermé leur maison de Saint-Quentin et expédié ma mère et leurs deux enfants, mon frère et moi, dans le Pas-de-Calais chez ses parents, à Neuville-Bourjonval. Bien lui en a pris. Les Allemands ont occupé Saint-Quentin et vidé méthodiquement la maison de tout ce qu'elle contenait. Puis ils se sont approchés de Neuville-Bourjonval. Pour obéir à son mari, Maman décida de partir. Mes grands-parents crurent bien faire en lui conseillant de laisser ses bijoux et de les cacher dans le four à pain, mais le four fut dynamité avec les bijoux ! Elle partit à pied pour Calais, où elle avait un cousin, avec ses deux petiots et le strict nécessaire. Il paraît que j'avais du mal à marcher et demandais toujours à manger. Mon frère me consolait, essayait de me porter mais j'étais très grosse et il me reposait à terre en me promettant des croissants… Un charretier nous prit en pitié. À l'approche des lignes ennemies il demanda à ma mère si elle était porteuse de lettres. Elle en était bardée, alors il la pria de descendre et de passer les lignes à pied. Il avait bien raison : sa charrette fut fouillée de fond en comble tandis qu'elle passa avec nous sans encombre. À Calais, elle trouva à se loger au premier étage au-dessus d'une quincaillerie, ou d'une boulangerie, je ne sais plus. À peine arrivée, elle lut dans le journal la terrible nouvelle : « Le médecin commandant Caron Gaspard est décédé au front en allant sauver un blessé. » Mon père. Elle ne nous a rien dit. Nous les enfants on ne comprenait pas pourquoi en nous regardant elle étouffait un sanglot et se tournait de tous les côtés comme pour trouver à quoi s'accrocher. Quelques jours ou quelques semaines ont passé. Le cousin haut placé s'informait à Paris, donnait l'adresse où joindre la veuve. Et puis, un matin, la dame qui tenait la quincaillerie a frappé à la porte, elle agitait un télégramme d'un air désespéré. La confirmation officielle ! Aucune des deux ne voulait l'ouvrir. Finalement Maman a ouvert et le télégramme disait : « Suis vivant. Gaspard. »

Après un silence elle répéta : Suis vivant. Gaspard. Mon père avait appris qu'un autre docteur Caron, patronyme très courant dans le Nord, avait succombé à ses blessures. Cherchant femme et enfants afin de les rassurer il avait passé un avis dans un journal de Paris dont le cousin avait eu connaissance…

En l'absence de Madeleine, partie avec Capucine chez le vétérinaire dans la voiture de Nénette, Paul ouvre le courrier. Au courrier, une lettre d'Adrienne. Elle s'est bien reposée, espère qu'il en est de même pour Monsieur et Madame, et précise être prête à reprendre son service dès qu'ils rentreront. Cette simple mention fait monter un furieux désir de départ, de fuir cette campagne qui endort, harassée par la lumière d'août, de retrouver le gris parisien et le chemin des Archives. Ksss, ksss, tout excité, il fait les cent pas sous la pergola, élabore un plan. Anita, Marianita, appelle-t-il, descends, c'est urgent. Quand repartez-vous Octave et toi ? Dans deux, trois jours, pourquoi ? Auriez-vous la place dans le coffre de la voiture pour quelques cartons ? Mais pourquoi ? Il ne s'explique pas, il veut partir, il prendra le train comme d'habitude mais il aura besoin dès son arrivée à Paris de retrouver un certain nombre de dossiers en cours et de livres. Le reste, Madelou y pourvoira. Tu comprends, je ne veux pas abréger ses vacances ni lui imposer un retour précipité. D'ailleurs elle aime passer seule quelques jours à Miradour.

Marianne comprend. Cette fille comprend tout. Elle comprend aussi que l'affaire est délicate. Elle n'imagine pas encore à quel point.

À Saint-Vincent-de-Tyrosse, la consultation dure car le diagnostic est formel : Capucine est paralysée du train arrière. Un mal fréquent de la vieillesse des teckels, explique le docteur, il n'y a rien à faire. Votre chienne souffre beaucoup. La souffrance a vaincu, Nénette a convaincu. Madeleine couvre de baisers Capucine pendant l'anesthésie qui l'endort. Elle sort avec son amie pendant l'injection létale, pleure en fumant une cigarette. Une partie de sa vie disparaît.

Nénette a enveloppé le petit corps inerte encore chaud de Capucine dans le drap rayé qu'elle étalait pour elle aux jours heureux sur le siège arrière. À leur retour, toute la colline s'est sentie endeuillée, même Paul qui s'est gardé de piper mot sur son plan d'évasion. On a descendu le panier de Capucine sous la pergola, on y a déposé son corps dans le linceul. Il fut décidé de l'enterrer demain.

Octave, qui pourtant n'était pas un proche, semble bouleversé comme s'il se sentait coupable. C'est qu'il a enterré, ce matin même, Raymond Roussel.

Un plan muet montrera un agrandissement du monument funéraire choisi par RR. En dessous viendra s'inscrire l'extrait paru dans le journal Paris-midi *du 3 août 1933 sous la signature de Pierre Lazareff: « On annonce la mort édifiante, dans un couvent de Palerme, du richissime et peu banal auteur dramatique que fut Raymond Roussel. » Enchaînement sur la vraie tombe de RR, au détour d'une allée au cimetière du Père-Lachaise. Sur cette vue s'inscriront les deux phrases suivantes :*

« Frais pour maniement du cadavre de Roussel Raymond... 10 lires. »

« Rémunération de l'expert médical... 15,28 lires. »

(Extrait du procès-verbal
de la police de Palerme, 14 juillet 1933)

Générique.

À Miradour, il n'y avait ni jardin ni jardinier. Georgina avait bien planté des rosiers devant le bureau de Paul mais, faute de soins, ils avaient dépéri. En revanche, les arbustes et les plantes qui ne demandent guère de vigilance foisonnent. Près du perron de l'entrée, un camélia rouge de longue floraison – sauf en été. Du côté de l'arrière-cuisine, les aubépines blanches portent déjà leurs petits fruits d'automne. Des lauriers-roses, de rose clair à rose foncé, baptisés par Nénette « boucliers d'Achille », s'épanouissent devant le mur de l'ancien tennis, et sur les platanes et les murs de la pergola, de juin à octobre, grimpent vigoureusement des trompettes de Jéricho. Foule uniforme orange, sans charme et sans parfum. Autant dire que Capucine n'aura pas de fleurs sur sa tombe, rien qu'un bouquet d'herbes et de fougères.

On l'enterre au pied du chêne qui sert de reposoir à la chouette, envolée tandis que Nénette creusait la tombe. La famille est là, sur le point de se séparer pour une poignée de jours. L'adieu au petit teckel qui mena une vie si fidèle et ardente, lui, est définitif.

Presque sans le vouloir, Madeleine hâte le départ de tous. Ce qu'ils trouvent pour la consoler tourne à leur confusion. Paul, que Capucine lui faisait toujours la fête, Marianne, qu'elle avait dix-huit ans quand elle l'a connue. L'un et l'autre n'imaginent pas Madeleine sans un chien, pas un teckel, ah ça jamais plus, mais un petit lion, son signe, du genre épagneul ou pékinois, ou encore un jack russel blanc et feu. Octave seul est parfait : il ne pipe pas mot et fait de la manutention. Il transporte dossiers et livres dans des cartons, les cartons avec Claudio dans le coffre de sa voiture ou dans le garage, à charger dans la quinze-chevaux quand elle regagnera Paris. Et voilà, maintenant ils sont tous partis, Paul par la Palombe bleue, Claudio par le Sud-Express, Marianne et Octave en voiture.

Sur la colline, Madeleine a retrouvé le privilège royal de la solitude. Elle a dîné dans la cuisine d'œufs au jambon et de figues cueillies encore tièdes sur le figuier près de Somsecq.

Après, elle est montée dans sa chambre avec une bouteille d'eau et un fond de vodka dans un seau à glace. Elle s'est démaquillée, parfumée, elle a enfilé sur sa chemise de nuit un peignoir fleuri, brossé sur la terrasse ses cheveux qu'elle a laissés s'envoler puis les a relevés en chignon, a éteint les lumières et s'est assise au plus près de la nuit.

Elle joint les mains sur ses genoux pour conjurer l'absence de Capucine, qui grimpait là pour atteindre la félicité. Elle regarde le ciel. Pas une étoile ne manque au troupeau. Le berger là-haut fait bien son travail. Un sentiment de paix et de reconnaissance l'envahit. Le merveilleux silence est à peine troublé par un battement d'ailes qui s'éloigne et se pose. La hulotte ? Un cri, un silence, un *hou* court puis trois autres tremblés dont le dernier s'allonge jusqu'à elle. Hou hou hou houe. Elle est aimée, elle s'endort. On est aimé quand on s'endort.

Œuvres de Florence Delay (suite)

Chez d'autres éditeurs

PETITES FORMES EN PROSE APRÈS EDISON, *essai*, Fayard.

LES DAMES DE FONTAINEBLEAU, Franco Maria Ricci.

PARTITION ROUGE. Poèmes et chants des Indiens d'Amérique du Nord, *avec Jacques Roubaud*, Seuil.

L'HEXAMÉRON, *avec Michel Chaillou, Michel Deguy, Natacha Michel, Jacques Roubaud et Denis Roche*, Seuil.

SEMAINES DE SUZANNE, *avec Patrick Deville, Jean Echenoz, Sonja Greenlee, Harry Mathews, Mark Polizzotti, Olivier Rolin*, Minuit.

CATALINA, *enquête*, Seuil.

ŒILLET ROUGE SUR LE SABLE, *avec Francis Marmande*, Fourbis.

MON ESPAGNE OR ET CIEL, Hermann.

Traductions

José Bergamin : LA DÉCADENCE DE L'ANALPHABÉTISME, La Délirante.

José Bergamin : BEAUTÉNÉBREUX, La Délirante.

José Bergamin : LA SOLITUDE SONORE DU TOREO, Verdier poche.

Pedro Calderón de la Barca : LE GRAND THÉÂTRE DU MONDE *suivi de* PROCÈS EN SÉPARATION DE L'ÂME ET DU CORPS, L'avant-scène théâtre.

Arnaldo Calveyra : L'ÉCLIPSE DE LA BALLE, Actes Sud / Papiers.

Arnaldo Calveyra : L'HOMME DU LUXEMBOURG, Actes Sud.

Lucas Fernandez, ACTES DE LA PASSION, in *Théâtre espagnol du XVIe siècle*, Pléiade, Gallimard.

Sor Juana Inès de la Cruz : LE DIVIN NARCISSE *précédé de* PREMIER SONGE et AUTRES TEXTES, *avec Frédéric Magne et Jacques Roubaud*, Gallimard.

Federico García Lorca : SIX POÈMES GALICIENS, Raina Lupa.

Ramón Gómez de la Serna : LES MOITIÉS, *en collaboration avec Pierre Lartigue*, Christian Bourgois.

Fernando de Rojas : LA CÉLESTINE, *version 1*, Actes Sud / Papiers ; *version 2*, L'avant-scène théâtre.

Lope de Vega : PEDRO ET LE COMMANDEUR, L'avant-scène théâtre.

Michée, Aggée, Zacharie, Malachie, *avec Maurice Roger et Arnaud Sérandour*, L'Évangile de Jean, Trois lettres de Jean, *avec Alain Marchadour, dans la* Bible, *nouvelle traduction*, Bayard.

Composition : Entrelignes (64)
Achevé d'imprimer
par l'Imprimerie Floch
à Mayenne, en mars 2021.
Dépôt légal : mars 2021.
1er dépôt légal : janvier 2021.
Numéro d'imprimeur : 97987.

ISBN 978-2-07-289112-0 / Imprimé en France.

396724